# 飞鸥不下

回南雀 著

我在高墙内十年不得自由，他在高墙外，原来同样被束住了双翼，哪里也不能去。

飞鸥不下

下

②

回南雀 著

广东旅游出版社
GUANGDONG TRAVEL & TOURISM PRESS

中国·广州

你就像群星围绕着的月亮，就像向日葵仰望着的太阳，

就像沙漠渴求着的雨露。

我在人前无坚不摧，唯独在你面前脆弱卑微。

# 目录

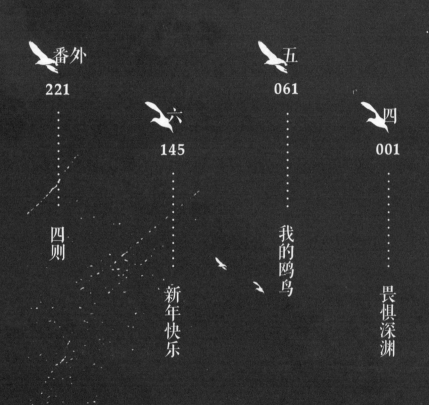

四

畏懼深淵

## | 第三十九章 |

我和魏狮去沈小石租的房子那儿找他，拍了半天门没人应。

沈小石是本地人，但从出狱那天起就和家里没联系过，一直住在外边。他平日里看着大大咧咧的，嘴却很严，从不提家里的事，而我和魏狮也没问过。

这年头，谁没点不能说的秘密。

"怎么办？"魏狮盯着门锁，长眉深蹙，"暴力破门？"

现在已是晚上九点多，老旧的楼房因为糟糕的隔音，走道里萦绕着不知哪层哪户人家播放的战争片音效，炮弹声不断。要是我俩在这儿暴力破门，整栋楼的人说不定都要出来看热闹。

"不好吧，人家还以为我们入室抢劫呢。"我这一副良民样还不要紧，可魏狮往旁边一站，大花臂，板寸头，一看就不是好东西啊。

魏狮抓抓脑袋，挑剔地打量我："你在里面那么多年就没拜哪个高人为师，学到一些神秘的技能吗？"

我睨他一眼："有啊。"他刚兴奋，我就又说："我学会了如何辨别傻瓜。"

魏狮骂了声脏话，继续去拍门。

"三哥？枫哥？"突然，黑暗中传来悠悠男声。

我和魏狮齐齐一激灵，转过身去。

沈小石站在我们身后不远处，手里拿着个大塑料袋子，似乎购物归来。他脸色不太好看，眼下黑眼圈很重，衣服也皱皱巴巴的，跟几天没换洗了一样。

人没事就好，我松了口气，刚想说两句，魏狮大步走过去，一巴掌呼在沈小石脑壳上，又重又响，吓得我皮都紧了紧。

"你是不是有病？"魏狮凶神恶煞地开吼，"给电话充个电你能死啊！"

魏狮那力道不是开玩笑的，实心木板都给他劈断过。

沈小石双手捂住脑袋，有些委屈："我今天刚回来……手机这两天在外面没地方充电啊。"

"刚回来？你去哪儿了刚回来？不知道这样别人会担心你吗？"魏狮不依不饶道。

"好了好了，人没事就好，有什么进屋再聊。"我示意沈小石先来开门。

沈小石被魏狮教训得蔫头巴脑的，抖出钥匙开门，一声不响进了屋。

魏狮更气了："你这是什么态度？"

我拦住他，让他控制一下自己的情绪。他这人哪儿都好，就是容易生气，而且气性颇大，不然也不至于进去那些年。

"你冷静好了再进来。"我说。

魏狮还没到迁怒于我的地步，他黑着脸看我片刻，转身去窗户那儿抽烟去了。

进到屋里，沈小石孤零零抱着膝盖坐在沙发上，一副弱小可怜又无助的模样。我过去摸了摸他脑袋，问："出什么事了？跟枫哥说说。"

沈小石虽然看着青涩稚嫩，却不是个没责任心的人，说了只请一天假就是一天假，会失踪好几天，还一点消息没有，一定是发生了什么超出他预期的事情。

沈小石沉默良久，没有说话。我也不逼他，看他袋子里都是吃的，加上他一身邋遢，猜他可能还没吃饭。

"我给你泡个泡面吧？"

我从袋里掏出杯面就要往厨房去。

"我妈打电话给我……"沈小石忽然开口，"她让我回去，说想在死前见我最后一面。"

我悚然一惊，拿着泡面又转回去，坐下认真听他细说。

"我爸在我很小的时候就过世了，后来我妈再嫁，又生了个弟弟……"沈小石揉了揉眼睛，声音低落道。

他的母亲是个十分柔弱没有主见的女人，生来便如蒲柳，任人拿捏。分明也没多少感情，却因传统的婚姻观，认为有人肯要她一个带着孩子的寡妇便谢天谢地，匆匆答应了二婚。

结果二婚简直是个火坑，进去容易出来难。

沈小石的继父暴躁易怒，日常生活一有不如意的，便要打骂妻子，让沈小石很看不惯。但他那时候小，就算冲上去帮忙，也总是被继父毒打的那一个，母亲还要替他求情，之后遭受更多羞辱。

"我妈总是让我不要跟他吵，让我安静一些，让我像她一样忍一忍就好。"沈小石不想忍，越大就越不想忍，可母亲并不理解他，认为他叛逆冲动，总是惹事，"我一心想帮她，她却拿我当外人，到头来他们才是幸福美满的一家人。"

深感被母亲背叛的少年，自此以网吧为家，跟着一群同样不着家的不良少年，成天瞎晃悠。

"她如果跟我说她要离婚，我二话不说就会帮她离开那个男人。钱的事不用她操心，我出去赚钱养她和弟弟。可她从来没这想法，哪怕一丝一毫都没有。"沈小石闭了闭眼，脸色越发苍白，"我恨她。恨她没用，恨她优柔寡断，恨她要让我生活在那样一个糟糕的家庭，拥有那样一个童年。"

人的悲喜并不相通，愤怒与恐惧亦然。母亲无法理解儿子的愤怒，儿子无法对母亲的恐惧感同身受，这便是矛盾的伊始。

十八岁前，沈小石是只暴怒的刺猬，见谁都扎，打架斗狠，害人害己，最后把自己"作"进了监狱。十八岁后，在我和魏狮的影响下，他磨平了刺，少了一些愤世嫉俗，多了一点乐天知命，也算恢复了少许少年人该有的心性。但他仍然不与母亲和解，拒绝一切探视，出狱后也从未与之联系。

沈小石道："我以为我们就这样了，一辈子就这样了。那个男人哪一天死了，我或许会回去看她，同弟弟一道孝敬她替她养老。那个男人不死，我绝不回家，那里也不是我的家。可就在三天前，我突然接到了一个陌生来电……"

沈小石的母亲打来电话，没头没脑地说想见他最后一面，求他尽快回家。沈小石不明所以，刚要追问，对方已经挂了电话，之后再怎么打都打不通了。

这种情况实在诡异，虽然多年未见心结依旧，但终归母子情分还在，沈小石怕他妈是真出了什么事，便匆匆请假，拦住一辆出租车赶去了老房子。

但一开门他就傻了……

"我妈用斧子把那个男人砍死了。"他更紧地抱住自己，声音嘶哑，满是不解，"她说见我最后一面，是打算见完我就去死。怎么有这种事啊，枫哥？离开他不行吗？为什么要把自己搭进去呢？早十几年离开那畜生，哪里会到今天这一步？"

这发展我也始料未及，我以为最多就是他妈突然得了重病，让他回去见最后一面这种家庭伦理套路剧，没想到一下跳到悬疑凶杀剧，也愣了许久。

"这事我既然知道了，哪里可能看她去死。我劝她自首，亲自把她送进了公安局。"他哽咽着道，"这两天我都在处理她这个事，要应付警察，应付那个男人的极品亲戚，还要瞒着我弟不让他知道。我也才二十三岁啊，干吗这样啊，我自己的事情我都没厘清呢，这下我有点接受不了……"

他像是终于忍不住了，跟只猫崽子似的把脸埋进膝头，小声抽泣起来。我心里暗叹一声，挨过去轻轻抱住他，拍抚他的脊背。

"没事啊，有我们在呢。"

魏狮倚在门口，脸色沉郁，不知听了多久。

他一副想过来又怕过来的模样，最后懊恼地呼出一口气，转身又去了窗边，应该是也不知道该如何安慰沈小石。

"枫哥，我能不能求你件事……"哭了许久，沈小石含着眼泪抬起头，吸了吸鼻子道，"不答应也行的。"

孩子都可怜成这样了，不答应他怎么对得起他叫我的那声"哥"？

我抽了两张纸给他擦眼泪，柔声道："你尽管说。"

沈小石闷声道："我能不能……请盛律师替我妈辩护？"

我动作一顿，沈小石感觉到了，忙捧住我的手道："我知道他很厉害，也很贵，但我会付钱的。我存了十万块钱，如果不够，我还可以写欠条……无论是几十万元、几百万元，我都愿意付。"他眼眶通红，"她生了我，把我养大，我恨她，但我不能见死不救。"

我明白他的意思，我也理解他的请求，但问题是……盛珉鸥不一定听我的。

上次为了魏狮，我已经用掉了仅有的一次人情，这次实在不知道该怎么才能叫动他。特别是最近他脾气还那样怪，沈小石自己去拜托他，恐怕都比我去拜托要有用得多。

可面对着沈小石满含期许的目光，我却无论如何无法拒绝。

最后，我拍了拍他的手背，点头道："好，我替你去说。"

既然欠过一次人情，我总能让他再欠一次。

从沈小石处归家后，我苦思一夜，翌日七点，给盛珉鸥去了个电话——我知道这个点他已经醒了。

“我帮你赢杨女士的案子，你帮我一个忙行不行？”电话一通，我抢先道。

盛珉鸥可能觉得实在无语，静了半晌才用傲慢又理所当然的语气道："我本来就能赢。"

"我能让你赢得更快。"顿了顿，我又补一句，"说不定还能加钱。"

"哦？"

我听他十分不屑的样子，也不气恼，继续道："你不要我帮忙也行，我去你家给你做一礼拜家务也是可以的。"

盛珉鸥想也不想地拒绝："不必了。"

"那你的意思还是让我帮你比较好是吧？"我一下子拉开手机距离，"你不出声我就当你同意了啊？喂？突然信号有些不好怎么……喂喂？"

装模作样"喂"了几声，我麻利地挂了电话。

对着已经结束的通话画面，我长长嘘出一口气，过后又有些气恼。

"给你做家务还不愿意，害怕我做饭下毒呢？"我将手机丢到一旁，倒头睡去。

| 第四十章 |

"枫哥，我这样穿像不像？"

易大壮由于常年户外蹲点，总是接受太阳公公的洗礼，皮肤黝黑细纹又多，加上他人本就精瘦，乍一看比实际年龄苍老不少。此时一身灰蓝工装，脚上踩着一双老旧的运动鞋，一副风吹日晒体力劳动者的模样。

我替他拉了拉外套，搂着他的肩膀到桌边坐下。

"记住说话再带点口音。"我指了指房间各个角落，以及桌上那盒纸巾道，"一共装了四台针孔摄像机，全方位无死角，我会在卧室里盯着，你大胆展现自己的演技就好。"

易大壮紧张地搓了搓脸："新的挑战新的开始，我以后做不来狗仔了，说不定可以去做群众演员。"

我拍拍他肩膀："你可以的。"

门铃声响起，我与易大壮对视一眼，一个往卧室快步而去，一个嘴里喊着"来了来了"往门口走去。

轻轻关了房门，大门外也传来了易大壮客气的招呼声："你好你好，你就是安起的保险员吧，里面请、里面请。"

我坐到床尾，盯着墙上的电视，42英寸的大屏幕被分成四块画面，每个画面都代表一台针孔摄像机。

年轻保险员与易大壮在桌边坐下，他从包里掏出一份厚厚的文件。

"这是在电话里提到的商业险合同，您看下有没有问题。"他将东西递给易大壮，"一共是……"

他按着计算器，算出一个价格呈到易大壮面前。

易大壮看了看，又像模像样扫了两眼合同，突然捏了捏鼻梁道："哎哟，我看着眼晕，这字太小了。不看了、不看了，我总是信你们的，你们这种大公司不会骗我们老百姓的，我签就是了。"

保险员没想到一单生意这么容易谈成，眼里满是喜色，忙掏出签字笔道："那是那是，我们公司怎么也是行业前十，品质有保障的，您就放心吧。这里要填一下您个人还有车辆的信息，麻烦把身份证还有驾驶证给我……"

易大壮站起身摸了摸裤兜，摸了一会儿没摸到，眉头越皱越紧："咦？奇怪了，怎么没有了？"

他又去摸外套口袋，里里外外全都翻过一遍，还是没有。

苦思冥想一阵，忽地想起什么，易大壮不好意思地冲保险员憨厚一笑，道："抱歉啊，我昨晚在我朋友家喝高了，证件好像落他们家了。今天看来签不了了，改天、改天我再找你……"

保险员还没反应过来，易大壮已经强制性地将他从椅子上逮起来，抓着胳膊往门口拖拽过去。

"易先生，你……你先把合同还给我。"被易大壮推出门了，保险员才想起要拿回合同。

易大壮快步回到桌边，拿起那份合同时，抬头朝隐藏在角落的一个针孔摄像头眉飞色舞地抛了个媚眼。

关上门，送走保险员，我从卧室里步出，易大壮也从门口往回走来。

"怎么样，行吗？"

"可以。"我看他伸着懒腰已经准备脱衣服，望了一眼墙上挂钟，道，"但还不够全面。"

易大壮动作一顿："啊？"

"打蛇打七寸，一下不够就来两下，两下不够就来三四五六七八下，打不死也要打残。"

易大壮显然没听懂我的言外之意，满脸不解。

我也不卖关子，爽快解答："我今天约了五个安起保险员，你每个会面时间控制在一个小时内，当心别撞了。"

易大壮瞪大眼，伸出五指惊呼道："五、五个？"

点点头，我道："明天还有五个。"

易大壮一下子瘫软倒在沙发上，四肢舒展，两眼无神，像条风干的咸鱼。

"你这是要榨干我啊。我不管，你之后必须请我吃顿好的，不然对不起我的辛勤付出。"

整整两天，我和易大壮窝在狭小的出租房内，接待了一个又一个安起保险员。

同样的位置，不一样的年龄，不一样的性别，不一样的穿着。十名保险员每个都是从业五年以上的，聊起投保内容口沫横飞、滔滔不绝，变着法儿让你往上加保费，将你忽悠得晕头转向，再问你有没有什么疑问。

易大壮道："这个……第三方责任险，就是说我撞了人，你们公司就能替我赔钱是吧？"

十名不同年龄、不同性别、不同穿着的保险员，坐在同样的位置，面色带着同样职业性的笑容，给出同样的答案："是的。"

保险员将合同递给易大壮，让他过一遍条款，没问题便可签约。易大壮十次都以看不清条款为由，只翻了一页便还给保险员，十位保险员里，只有两位提到有免责条款，但也只是让他"最好看一下"，并未做强制要求，更未同他详细说明。

这些保险员也都是人精，知道明说"超载不赔"这生意注定是做不成的，就尽可能含糊其词。若到时候真的出了事故，反正白纸黑字合同都签了，一切以合同条款为主，没视频、没录音的，谁又能说是他们的错呢。

让易大壮帮我剪好视频，我又连夜写了一份长达八千字的长信，赶在杨女士案第二次开庭当日打印出来，连着那个存有视频的闪存盘一起，匆匆赶往法院。

因为怕赶不上，我在路上给盛珉鸥打去电话，问他是否已经到法院。

盛珉鸥似乎在走动，能听到那头的细微风声。

"刚到。"

"对方律师呢？"

"不知道，没看见。"风声一下子消失，他进到了室内，"你问这个做什么？"

"我还有五分钟到，你在门口等等我，我有东西给你。"怕他这时候又跟我唱反调，我再三强调，加重语气，"很重要的东西，你千万等我！知道没？"

回答我的是盛珉鸥果断将电话挂断的声音。

我瞪着手机片刻，磨了磨后槽牙，拜托司机师傅加加速，说自己有场救命官司要打，去晚了后果严重。

五分钟的路程，四分钟就到了。我飞速丢下张整钞跳下车，狂奔进法院，本来都不抱什么希望了，心里总觉得盛珉鸥一定不会等我——

可当我在法庭门外见到那个低头凝视腕表的熟悉身影时，发现自己其实还是心存期待的。期待他相信我，不会拿重要的事开玩笑。

我气喘吁吁地跑向他，扶着膝盖将装订好的文件以及闪存盘递给他。

"给！"因为他出乎意料的等待，本就急促的心跳一下子又快了几分，我不得不按住胸口，慢慢平复。

盛珉鸥接过文件迅速翻看起来，一旁的女律师也忍不住好奇探看，一字一句念出标题："致清湾市保险业监督管理委员会：就安起保险员工行为失职、企业对员工培训不到位、故意模糊合同条款内容等行为……投诉书？"

打蛇打七寸，若引起保险业监督委员会的注意，成立调查组调查安起存在的种种违规行为，展开行业整顿，到时候的罚款可不只有一百多万元这么简单。

"这里面是什么？"两分钟都不到，盛珉鸥一目十行看完我花了一夜写完的投诉书，捏着闪存盘问我。

"证据。"我直起身，呼吸已经平缓许多，将手机掏给他看，"这个和闪存盘里的视频是一样的，只是关键信息有打码，盘里是没打码的视频。"

他接过了，快进着将手机里的视频看完，随后不慌不忙让一旁完全回不过神的女律师向法官请求延迟五分钟开庭。

女律师愣愣点头，紧接着推开法庭厚重的木门，消失在了我们面前。

"这就是你想出来的办法？"盛珉鸥整理着手中文件，问道。

"你是不是又要嫌我的做法不上台面，太过愚蠢？"我弹了弹那份投诉书，笑道，"我告诉你啊，有些事就是'虽千万人，吾往矣'，成不成功另说，死不死也另说，自己爽了就行。"

千万人阻止，千万人说"不"，千万人不赞同又如何？我想做，总是会去做的。

他垂眸注视我片刻，半晌没说话，我便也与他对视着，静默无声。

忽然远处传来脚步声与交谈声，我和盛珉鸥一同转过头，就见安起保险公司的律师及代表正往这边走来。

"手机借我。"盛珉鸥说罢，大步朝两人走去。

我俩擦肩而过时，我在他耳边小声道："交给你了。"

我立在原地，没有靠近，只能远远看到盛珉鸥同两人客客气气交流片刻，那代表面色陡然难看起来，握着手机一脸难以置信。

盛珉鸥又将投诉书给他，他黑着脸看了几页，将纸都抓皱了。

律师惊疑不定地望着盛珉鸥，似乎也被这招奇袭震慑住了，半天说不出话来。

盛珉鸥为了照顾代表的身高，微微俯身，脸上挂着绅士十足的笑容，在对方耳边不知说了什么，代表骤然抬头，急切点头。

晃了晃手中闪存盘，盛珉鸥颔首转身，走了两步看到我，突然想起什么，又回身从代表手里取回我的手机，随后再次转身，脸上礼貌的笑容一点点由傲慢轻视取代。

他像一位大胜归来的国王，昂首阔步行走在铺满阳光的走廊上，头上戴着无形的王冠，肩上搭着鲜红的披风，每一步都走得坚定又自信。

"还你。"盛珉鸥将手机丢还给我。

"搞定了？"

他睨了我一眼，眼神就像在说："你在说什么废话。"

我自讨没趣地摸了摸鼻子，就听他道："他们同意限期整顿、修改合同格式以及增加赔偿金的要求，但条件是这份视频与投诉书永远不得公开。"

这倒无所谓，反正我的目的只是帮他更快赢官司而已，我能力有限，也知道无法单凭这一件事成为推动世界改变规则的人。


案子最后在法官的主持下双方达成和解，安起保险在支付原定赔偿金的基础上，又追加了六十万元人道主义补偿，而作为第二被告的肇事司机王有权也表示愿意接受和解，赔偿杨女士十万元。

我是没资格进讨论室的，但在外面走廊仍可以听到杨女士在里边撕心裂肺的痛哭声。和我妈当年不甘、懊恼的痛哭不同，这里面带着解脱和喜悦。

多少个日夜的辗转反侧，多少次扪心自问："为什么是我？为什么不是别人？"老天给不了答案，逝去的无法重来，生活的重压，年幼的孩子，压抑的眼泪沉甸甸积累在心头。

有了这些钱聊以慰藉，至少一切都有了答案，不再需要一次次刨开痂肉，将血淋淋的伤口袒露人前，到处哀戚地求个公道。也终于可以将一切放下，重新开始自己的生活。

我听完女律师与杨女士转述的最终结果，走在法院长长的灰白台阶上，身上被暖融融的阳光照射着，舒服得简直想就地睡个午觉。

真好啊。这种充满希望的感觉。

活动了一下筋骨，事情办完，我也打算回家睡觉了。

"哥！"走之前，我叫住了盛珉鸥。

他在我下方的台阶上站定，回头看向我。

"我有话跟你说。"我道。

他没有动，只是看着我。

"那我们先走了。"女律师十分有眼色地拉着杨女士一道离去。

我走下几级台阶，站到他面前，终于得以俯视他。

"还我一个人情。"

"什么事？"他直截了当地问道，看来也是承认我这个"人情"的。

"沈小石需要一名刑辩律师，他妈妈……遇到点麻烦。"

"让他明天下午一点到律所找我。"说完盛珉鸥就要转身。

我心中暗"啧"，对他这种多一句话都不想跟我说的态度十分不满。

"对了，"我冲他背影道，"我一直想知道，爸爸去世那天，最后和你说了什么。"

盛珉鸥微微偏了偏头，露出半边面孔。

他沉默了很长时间都没开口，我只是试着一问，他不想说我也没办法。

"行……"

我刚想说"行了你走吧"，他却缓缓吐出了一句话。

"如果做不成好人也没有关系，做一个不伤害别人，也不被别人伤害的普通人就行。"

我怔然片刻，将我爸去世前对盛珉鸥说的话试着连了起来——爸爸相信你，终会成为一个很好很好的人。但如果做不成好人也没有关系，做一个不伤害别人，也不被别人伤害的普通人就行。

"爸爸知道你……"我紧紧盯着盛珉鸥的脸，哑声道。

我爸会说这话，就证明他都知道，知道盛珉鸥……

"是，他都知道。"盛珉鸥垂下眼帘，低声道，"知道我不正常。"

说完，不等我反应，他一言不发地转身离去，越走越远。

我望着他背影，心情复杂，一屁股坐到台阶上。

## | 第四十一章 |

在我和盛珉鸥小时候——多小我忘了，反正那会儿我应该还没上学——一天心血来潮，我突然问我爸自己的名字是什么意思。

我爸想了想，抱我到楼下，指着花坛里一棵枫树道："那就是你的名字——'枫'，'枫树'的'枫'。"

那是个夏天，枫树绿油油的，和别的树绿成一片，没多大差别。换句话来说，平平无奇。

"为什么是棵树？"我有些不满，觉得我爸在给我取名字这件事上不是很用心，"不好看！"

我爸憨厚地笑着，跟我解释："木秀于林，风必摧之。在树林里，太高的大树，就会被风吹倒。风是树可怕的敌人，再粗壮的树木，也抵不过暴风侵袭。但你看这个字，有'风'有'木'，共生共存，多和谐。希望你以后，即使人生路上有风浪也不要气馁。大家活在这世上，本就不可能一辈子顺顺当当的，要学会苦中作乐。"

我爸就是这样的人，脾气好，性子慢，周末坐在摇椅上，一杯茶一份报纸，可以细细品一下午。我妈跟他截然相反，急性子，刀子嘴，做事风风火火，今天能做完的事绝不拖到明天。

什么风啊木的，我连名字都不会写，跟我说这些有的没的又有什么用？我听得一愣一愣，就觉得我爸说这么多，那应该也是个挺厉害的名字。

"那哥哥的名字是什么意思？"

那时候就想，我哥的名字比我的名字还多一个字，怎么也要更厉害吧？

我爸抱着我上楼，认真想了片刻，道："哥哥的名字也是有寓意的，但这里条件有限，没有实物。等爸爸周末再带你们去找。"

我似懂非懂地点点头，也没太放在心上，结果到了周末，我爸大清早就将我和盛珉鸥从床上抓起，竟真的要带我们出门。

催我们刷好牙，洗好脸，再一人手里塞一个肉包子，我爸推着我们就往外走。

"老陆，你们去哪儿啊？"我妈追到楼梯口急急问道。

我爸大概是怕被骂，一把抱起我，快步走下楼梯，嘴里扬声回道："海边！"

"海……海边？"我妈不可思议地重复了一遍，嗓门突然飙高，"去什么海边啊，这么晒的天！老陆？陆光荣！！"

在我妈的河东狮吼下，我爸连抱带拽地拉着我和盛珉鸥早就逃得没影了。

大海这种自然景观，向来都是远离城市繁华，隐蔽在郊外人迹罕至之处。

我爸带着我们倒了三四辆公交，晃得骨头都散架，这才好不容易见着了海的模样。

从车站走到海边，又热又累，想到浪费了一个大好周末，就为了看片混浊不清的"大江"。我心里生出不情愿，想回家，想吃我妈做的红烧肉。

可我爸已经不管不顾地跑下海滩，撒丫子在退潮的海滩上迎着海风狂奔起来。凡是他跑过的地方，便要惊起一只只雪白的鸥鸟。

"快下来走走！"我爸张开双臂，远远朝我们挥舞着手。

我自然地牵住身旁小少年的手，仰头看他："哥哥，爸爸在叫我们。"

"要过去吗？"

阳光从盛珉鸥脑后探出一团耀眼的光晕，使他的表情都陷在黑影里。

"嗯！"

我眯着眼，重重点头。下一秒，盛珉鸥牵着我缓缓走向海滩。

我年纪小，沙地又不好走，没走几步就要被绊倒，盛珉鸥可能觉得牵我走得太吃力，索性一把将我抱起，朝我爸那边走去。

"儿子，看到这些鸟了没？这些就是海鸥，盛珉鸥的'鸥'。"我爸奔得满头汗，喘着气指给我和盛珉鸥看那些三三两两散落在海滩边悠闲踱步的海鸟。

我搂着盛珉鸥的脖子，将脸靠在他肩上："好多哥哥。"

耳边响起一声短促的轻笑，等我抬头去看，已经在盛珉鸥脸上遍寻不到一点痕迹。

"小乖乖，还有什么要问的吗？"我爸将我从盛珉鸥怀里接过，点着我鼻尖问道。

"哥哥是鸟吗？为什么和我不一样？"我皱着眉，又开始讨厌自己的名字，"我要和哥哥一样。"

"鸥是鸟，但'珉'是洁白美玉的意思。"我爸也不管我一个小孩儿听不听得懂，管自己说了痛快，"严格说来，你哥是只洁白如美玉的鸥鸟。"

他一只手抱着我，另一只手揉了揉盛珉鸥的脑袋："给你取名的人，一定希望你自由自在，不被俗世污浊所染。"

盛珉鸥表情并无多少惊喜，盯着那些懒散的海鸥，语气平静道："那为什么又不要我了呢？"

我爸闻言动作一顿，弯腰将我放到地上，接着撑住膝盖，平视盛珉鸥道："为什么要想是他们不要你呢？也可能是他们实在留不住你了啊，是吧？"

现在想想，我这种乐观，怎么打击都能很快满血复活的性格，完全遗传自我爸。

盛珉鸥一愣，没再说话。

"枫枫快，带哥哥去踩水。"我爸推着我，将我推向盛珉鸥。

"哥哥，快点。"接收到命令，我二话不说拉住盛珉鸥的手，带着他跑向海浪处。

盛珉鸥被我半强迫地拖进水里，紧接着又被我爸兜头泼了一脸水，面色瞬间沉了下来。

我从小就怕盛珉鸥生气，见他如此，条件反射地一捧水用力泼向我爸。又快又准，呛了他一鼻子，算是替盛珉鸥"报仇"了。

"不准欺负哥哥！"

我爸要来追我，我尖叫着躲到盛珉鸥身后。盛珉鸥抱起我就往岸上跑，回望的时候，脸上的笑容格外灿烂。

很多次我想，这该是我二十几年人生中，最无忧无虑的时刻了。如果能一直停留在那一天，倒也挺好，哪怕一身湿淋淋地回家后，要遭受我妈唠唠叨叨的耳边轰炸。


一早醒来，我先去兴旺典当与沈小石会合，两人熬到中午吃完饭，一刻不停地便去了盛珉鸥的律所，早早等在了会客室。

"枫哥，这次真的麻烦你了。"沈小石垂着头，气色比前两天好看一些，但没精神，仍有些蔫儿。

我逗他玩，捏捏他脸颊道："说这些就见外了啊，我跟你什么关系，还用这么客气？"说着我钩了钩他下巴。

而就在这时，会客室门被推开，我瞥了一眼，就见盛珉鸥与吴伊站在门外，目光齐齐聚焦在我……的手上。

飞速缩回手，我与沈小石拉开一大段距离。

内心戏无法得知，至少表面上盛珉鸥还是相当镇定的，吴伊就差点儿，笑容有些尴尬。

"您、您好，我是锦上律师事务所的吴伊，这位是盛珉鸥盛律师，你们应该有接触过，我就不再多介绍了，就……开始吧。"

吴伊与沈小石握手后，盛珉鸥已经在沙发上坐下，丝毫没有要给对方面子的意思，脸上表情更是微妙。

几个人全都坐下后，我拍拍沈小石的肩，轻声道："来，慢慢告诉他们，别着急。"

沈小石处于看着一切正常，其实早就六神无主的状态，轻轻"嗯"了一声，手肘撑在膝盖上，两手相握。他垂下头，开始诉说前因后果。

盛珉鸥双手交叉环胸，仰靠在沙发上，一副不想忍受但必须忍受的不耐烦的样子。虽然看着像时时都在走神，但我知道他认真在听。一旦决定做一件事，他就绝对会做好，哪怕本身并不乐意去做这件事。两面三刀也不是他的风格。

沈小石将那天与我说的又全都说了一遍，其间无人打断，完了他紧握着手，忐忑地抬头看向盛珉鸥，问道："我妈……会被判死刑吗？"

"不会。"盛珉鸥直截了当道，"长期家暴又是自首，并不会被判处死刑。做有罪答辩，刑期大约不会超过二十年。"

沈小石一愣："二十年……有罪？不，太长了，我妈……她只是杀了一个人渣啊。判个二十年，她出来都要七十岁了，和后半辈子都在牢里度过有什么区别？"

盛珉鸥不为所动，冷声道："没有哪条法律条文规定人渣就该被杀死。你知道法律为什么存在吗？"

沈小石被他气势所震慑，弱弱地摇了摇头。

"为了维护社会秩序。人类进化到如今，已经形成了自己的规则，不遵守规则的人，就必须接受法律制裁。"

吴伊一看气氛不对，想要救场："其实……"

"一个好人，一个坏人。好人不杀坏人，好人就要被坏人打死，好人杀了坏人，好人又要受法律严惩。你跟我说规则？要是……要是……"沈小石红着眼，突然转头看了我一眼，"要是那个好人是你的至亲，是枫哥，你也能说出这种风凉话吗？"

我瞪着他，心中错愕不已。

小兔崽子，我都怀疑他是不是知道什么，不然怎么这问题问得如此刁钻？

一字一句，简直就像是……影射当年的事。

我不由自主地去看盛珉鸥，想听他怎么说。结果盛珉鸥也正好看过来，一下与我齐齐对视。

他的眼眸一如既往，深邃难懂，我无法说清自己是不是有那么一瞬间从他眼里看到了"怅然"，但很快，那里面又重新填满对沈小石的讥讽。

"那你说又该怎么办呢？"他移开目光，问沈小石。

沈小石握紧双拳，大声道："当然是努力为她脱罪，她是杀了人没错，但那不是犯罪，只是自救！"

| 第四十二章 |

盛珉鸥看着他，半晌嗤笑道："你还真是不知天高地厚。如果你坚持这样想，那我可能帮不了你，另请高明吧。"说着他站起身，对身旁的青年道，"吴伊，送客。"

他脚的扭伤已完全康复，如今行走自如，不再需要手杖帮助。说完最后一句话后，他便头也不回地朝门外走去。

吴伊有些尴尬地看向我和沈小石，不敢多说什么，只是干笑着做了个"请"的手势。

沈小石脸色煞白，平时谁要敢这么和他说话，他怕是早把对方的领子都给揪起来了，现在却只是无助地拉住我的手，让我再去和盛珉鸥说说好话。

"枫哥，我……我错了，我说错话了。你能不能再去和盛律师说说，我真的不是故意的，就是……"他垂下头，"二十年啊，人生有几个二十年？我活到现在也不过才二十四年。我妈身体本来就不好，枫哥，你知道里面是什么样的，她……她肯定撑不下去的。"

我拍了拍他的手背，感到他一直在颤抖，轻叹一声，安抚他道："行了，你在这儿等着，我去去就回。"

让吴伊陪着他，我起身往盛珉鸥办公室走去。

盛珉鸥似乎早就预感到我会追来，我进屋时，他靠坐在扶手椅内，整个人面对着窗户，听到开门声也没有回头。

我走到办公桌旁，敲了敲透明桌面道："小石只是有点着急，不是故意和你唱反调，你再给他次机会。那是他妈，亲妈，你也理解一下吧。"

盛珉鸥支手撑着下巴，食指点在眼角的位置，听我说完仍然没有动。

我一咬牙，跑到他面前："这可是你欠我的人情，你现在不是不想还吧？"

盛珉鸥抬了抬眼皮，语气轻缓道："理解？我有没有那种东西，你不是最清楚吗？"

我一愣，好半天才反应过来他是在回我上一句话。

"我没有良知，缺乏共情，不会为了别人的苦难而悲伤，对死亡也毫无敬畏之心。你要我理解他什么？"他并非和我抬杠，只是真的疑惑。

不知为何，听他这样说我心里竟然觉得酸涩起来。

其实想想他也不容易，谁愿意一生下来就和别人不一样呢？精神的病态也是一种残疾，他勉强也算是个需要他人关爱的残障人士。那我对他好点，四舍五入就是向特殊人群献爱心了。

"那就不理解吧，但案件你还是得接。"我半跪下来，双手搭在他脚踝处，轻轻揉捏，语气有些狗腿道，"脚还疼吗？我给你捏捏？"

他没有避让，也没呵斥，只是有些厌倦地看着我："你对你的朋友可真好，现在像你这么'正常'的人很少见了。"

我假装听不出他的挖苦，笑道："那是啊，我人这么好，无论做我的朋友还是做我的媳妇儿都会很幸福的。"

他唇角露出点笑意，我刚以为他有点软化，就听他说："只是做你父母实在很辛苦，养了你这么个不听话又烦人的小孩。"

打人不打脸，扎人不扎心。

我霍然直起身，有些笑不出来："你到底帮不帮？"

"一个月别来烦我。"

我当是什么，原来是在这里等着我。也真是苦了他了，为了不让我烦他都拐弯抹角到这个地步。

"小石的事我怎么也得帮一下，完全避开你有点强人所难。"我也不是不肯，只是的确有些为难。

十年我都等了，难道还会在乎这一个月吗？

现在我死皮赖脸纠缠他，这种行为早已成为一种执念，凭着一股"不甘"才坚持到如今。

他不正常，我也好不到哪儿去，偏执、固执、死不回头，正常人做不出这事。

"那就跟上次一样，约法三章。你可以参与，但不许发表意见，不许随意碰触，也不许有任何异议。"说完，他意有所指地瞥了一眼我搭在他脚上的双手。

我连忙举起手，身子往后仰了仰道："行！现在开始了是吧？我闭嘴，我去叫小石。"

我起身往外跑去，到了门口突然停下："对了，我梦见爸爸了。"

握着门把手，我没回头，身后也没有任何响动。

"爸爸让我跟你说，你做得很好，他很为你感到骄傲，让你继续保持，不要懈怠。"说罢我开门出去，重新往会客室走去。

路上我双手合十朝天上拜了拜，默念道："老爸，借你用用，你别怪我。"

现在唯有祭出我那老父亲，估计对盛珉鸥还有点作用。虽然他口口声声说自己没有良知，但他的确听了我爸的遗言，在努力做个"正常人"。无论是他现在的职业成就，还是他房子里吊着的那个沙包，都如实记录了他在为做一个"正常人"所付出的努力。

他设了一道门，将那些狰狞、暴虐的怪物，统统关到门后。他不允许自己出错，不允许自己堕落。他认为众生愚昧，厌恶和愚蠢的人类打交道，却还是用卓绝的智商将自己伪装成一名在他看来愚不可及的普通人。

他说，他比我更知道怎么在这世间生存。他当然知道。从他认识到自己的异常，决心压抑天性做一个普通人起，他便每时每刻都在钻研如何才能更像一个普通人。

上大学，学业优秀；进公司，工作出色；他还拥有一个人人艳羡的未婚妻。戴着他自己画就的假面，盛珉鸥踏上一条前途无量的道路，直到……我回来了。

就好像我是专门来克他的，以前我还非常委屈，觉得也不至于吧，现在却很能明白他对我的厌恶。

我总是乐于触碰他的底线，触碰他心底那根并不十分牢固，甚至摇摇欲坠的锁链。

我自以为是在维系它，其实不过是一而再，再而三地动摇那扇关着怪物的大门。

所以他怎么会喜欢我呢？

我可能是这世界上唯一知道他隐秘的人。胖子不喜欢秤，因为秤会告诉他残忍的现实。盛珉鸥也不喜欢我，因为我的存在就像在提醒他，他有多异常。

昨天之前很多事我一知半解，想不明白，可经过昨天，突然我就豁然开朗，恍然大悟了。

可能我爸在天之灵也看不过去，决定借别人的事化解我的心结，顺便将我点醒吧。

有些事，的确勉强不来。


沈小石忐忑不安地进到盛珉鸥的办公室，一步一回头，目光与我缠缠绵绵到天涯，小学生被教导主任叫到办公室最多也就这样了。

我挥挥手，催他快进去。

半个小时后，沈小石出来了，脚步都带着飘，神情恍惚，双目无神，仿佛被妖怪吸干了精气的无辜少男。

我一掌拍在他肩上，问他怎么样了。

沈小石浑身一震，醒过神来："哦，盛律师说他会尽力打无罪辩护，但如果有合适的条件，也不排除与检察官做控辩交易，让我妈认罪以换取较短的刑期。"

我拍拍他肩膀："放心吧，交给我哥。"

沈小石点了点头："嗯。"

晚上因为我先前找易大壮帮忙还欠了他一顿饭，就索性叫上他和魏狮，一道去吃火锅。

火锅这种料理，真是百吃不厌，越吃越上瘾，男女老幼皆宜。

四个人要了间包厢，沈小石有心事，吃得少话也少，只一个劲儿喝酒。

易大壮也知道他家的事，努力说着各种明星八卦跃气氛，跟魏狮两人一唱一和活像在唱双簧。

"大壮，我和小石都找过盛律师了，你可要坚持住啊，千万别搞事情。"魏狮与易大壮碰了碰杯道，"少和人发生冲突，被人家明星告到二进宫就难看了。"

易大壮一口酒差点儿呛住，抹着下巴上的酒道："三哥，你别乌鸦嘴，求你了，而且我最近没在跟明星，你放心吧。"

"没跟明星你跟谁啊？"我吃着花生米问道。

易大壮贼眉鼠眼嘿嘿一笑，卖关子："这个不可说不可说，说了就不劲爆。反正是足以轰动社会的大新闻，我今年就跟这一个，功课都做齐了，保准在年底给它来个大的。"

不说就不说，我没什么八卦心，对大新闻也不感兴趣。

吃得差不多了，我埋单走人。沈小石光是喝酒，醉得厉害，走起路来都打飘，魏狮本要扶着他，结果两人一起卡门框上了。

我有些不放心他们，易大壮正好和沈小石顺路，就让他捎沈小石一程，我则送魏狮回家。

结果魏狮硬是不要，大手一挥，让我自己走，说要找沈小石谈心，好好开解他。

"他醉成这样了你还跟他谈心呢？"我看一眼被易大壮架着，双颊醺红，像是睡着了一样的沈小石，"别谈了，回家睡觉吧。"

魏狮拍开我的手："今天谈不成，我可以明天早上跟他谈啊。"

他人高马大，犟起来我不是他对手，便只好妥协，让易大壮辛苦一点，将两个醉鬼送回家。

我也是没想到，这一送竟然还送出问题，差点儿致使我们"清湾F4"分崩离析就算了，还把易大壮顶到了一个非常尴尬的境遇。

## 第四十三章

第二天，沈小石一直到下午也没来上班，念在他和魏狮昨晚喝多了可能宿醉未醒，我就打了一次电话过去，两个人谁也没接。

"欢迎光临。"

我抬头一看，从外面进来个身着波点连衣裙的妙龄女子，生面孔，二十岁出头的年纪，甫进门便举目四望，显得无比好奇。

"您好，有什么能帮您吗？"

她将自己的名牌包放到柜台上，捣鼓一阵，从里面取出一张黑色VIP卡递过来。

"你看看这个能当吗？我买的时候要小三万元一年呢，只去过一次就不行了。"她娇滴滴地捶了捶肩，"我也就是想去看看帅哥，顺便锻炼下身体，但这个训练强度有些超出我想象了，只能忍痛折价转让。"

我接过她手里的卡一看——鸿飞泰拳搏击俱乐部高级会员卡。

要不怎么说现在人真的有才，永远都能打破行业思维定式，只有你想不到的，没有他当不了的。

"鸿飞泰拳……"我朝对方微笑道，"您等等，我们也是第一次收到这样的当品，需要点时间验证一下。"

"你们可以打电话去查的，这是清湾最好的搏击俱乐部，一年会费两万多元呢，我现在一万元就卖。"女子拎着小包到沙发上坐下，优雅地跷起腿。

柳悦照着搜索引擎搜到的电话给搏击俱乐部打去电话，询问卡号真实性以及会员转让制度，在得知卡是真的，并且也可以转让后，她朝我轻轻颔首。

两指夹住黑卡，我举起手，朝铁栏外的波点女摆了摆手："美女，可以了。"

对方再次走到柜台前，再次重申："一万元，一分不能少哦。"

"八千元，绝当，付现金。"

"哇，你这太狠了吧。"波点女震惊，"一下砍掉 20%。"

"现在健身卡都卖不掉，更何况这种搏击俱乐部的会员卡。"我耐心解释，"有钱的不在乎这点折价，没钱的根本不会考虑这种烧钱俱乐部，我们也是很难出手。八千元是看在您新主顾的分儿上才给的价，别人都是五千元，您不信的话大可出去打听打听。"

一般加上最后这句经典名言，生意也就差不多定下来了。

果然，对方听我这样说，犹豫片刻，最终还是点了点头，签完字拿钱走人。

我把单子折起，递给柳悦道："这卡我要了，钱从我工资里扣。"

刚看到这卡我脑海里就闪过了盛珉鸥的身影，反正接下去我应该都会很闲，不如给自己找点事做，练练身体打打拳，争取在下次与盛珉鸥发生肢体冲突时能不被他打趴在地。


到了下午五点，我突然接到魏狮打来的电话，一接通他便着急忙慌问我有没有见到沈小石，把我都给问蒙了。

"小石？你们不在一起吗？"

魏狮吞吞吐吐："呃……之前在一起，后来他就跑出去了，手机不接，信息也不回，我怕他出事。"

"你在哪儿？"

"我在他家。"

我皱眉："你在他家，他跑出去了？"

那头静了会儿，魏狮烦躁地呼出口气，道："对。"

"你又骂他了？"不等他回答，我接着道，"行了，我打他电话试试看，过会儿再说。"

挂了电话，我试着拨通沈小石手机，铃响了三声，他接了。

看来他还是不待见魏狮，不知道他们发生了怎样的争执，到沈小石赌气离家出走的地步。

"小石，你在哪儿？"

沈小石吸了吸鼻子，用带着浓重鼻音的声音道："我家楼下。"

魏狮怎么还把人孩子弄哭了。

"你跟三哥吵架了？"我一边和他通话，一边手机切到短信，给魏狮发了条信息，说沈小石就在楼下，让他把人领回家。

沈小石半天没回话，唯有听筒里传来一点明显的呼吸声。

"小石？"

"枫哥，你记不记得以前在里面，就澡堂你救我那次我跟你说过的话？"

他突然这么说，我有点没转过弯："什么？"

我在澡堂也就救过他一次，距今已有五年，再清晰的记忆也有些模糊，实在不知道他具体指的是哪些话。

"你救我的时候，我跟你说了：'我谢谢你救我，但如果你救我是因为对我别有所图，那我会连你一起打。'"

"记起来了。"他这么一说我就记起来了。

"你突然说这个干什么？"

"我就想跟你重申一下，我这辈子真的很讨厌带目的性地接近我，骗我，还对我有所图的人，我一定会打死他个王八蛋。"他语气逐渐凶狠，偏偏带着鼻音，就有点奶凶奶凶，"真出事了，希望你别怪我。"

我听得一脑袋问号，心里不安起来："小石，你到底怎么了？"

魏狮昨天不还说要跟他谈心吗？谈的什么鬼谈成这样？

我刚要再问，那头突然响起魏狮的声音，他已经在楼下找到了沈小石。

"小石，你听我解释，我真的……"

耳边传来一声似乎手机掉落的杂音，接着场面一片混乱，打斗声，怒骂声，魏狮无力的解释声混作一团。

我只能着急地抱着手机不停叫沈小石的名字，问他发生了什么，到底怎么回事。

"小石，你听我说，我真的不是故意的，我……"

"去你的，我把你当兄弟，你把我当什么？"

我从没听沈小石对魏狮这么说话。我们四人中魏狮年纪最大，沈小石年纪最小，在里面时，他就很听魏狮的。魏狮性格成熟稳重，社会资历又深，沈小石从小缺失这类型男性的教养，便十分崇拜他，对他有些亦父亦兄的感情在。

能让他这么发飙崩溃的，必定是让他震惊的大事。

我隔着手机劝架，急得整个人都站了起来，劝了五六分钟那头手机不知是坏了还是没电，彻底没声儿了。

我又打过去，这次打的是魏狮电话，打了四五个，最后一个接了。

"你们到底怎么回事？"

魏狮喘着气，语气十分沮丧："昨天喝多了，说了些多余的话。这事你别管了，我自己来处理。最近小石挺忙的，等他妈的事过去，我会和他好好谈谈。"

大家都是成年人了，他既然这样说了，我也不好再掺和进去。

叮嘱他两句不要和小孩子置气，想想也没别的啥好说的了，我就挂了电话。

## | 第四十四章 |

沈小石连着几天没来店里上工，打电话给他，他只说要忙官司的事，这一个月都要请假。语气倒是比那天要死要活的平和许多，没提魏狮，也没透露出任何离职的意愿。

我问他什么时候开庭，他说两周后，我算了算时间，约定到时候去旁听。

他再次谢过我，低声道："给你添麻烦了，枫哥，对不起。"

"说什么胡话，这事有什么好说对不起的。"我知道他一个人不容易，又说，"有任何需要帮助的地方记得跟我说，我们之间没什么麻不麻烦的。"

沈小石轻轻"嗯"了一声，挂了电话。

生意清闲，沈小石不在，我也不能去找盛珉鸥。实在有些无聊，我便找了个时间，晚上去那家清湾最好的搏击俱乐部看了看。

地方十分不错，又敞亮又干净，人不多，但设备齐全。

更新了会员卡信息后，工作人员分配了一名姓周的年轻教练给我，还给了我一套新手装备，有衣服有裤子，还有两根绑手带。

不同于盛珉鸥绑手带鲜红的颜色，俱乐部分配给学员的平平无奇，是常见的白色。

周教练三十岁出头，个子不高，人却精瘦有力，自称学了十年的拳，一身黑皮肤都是去东南亚学拳时晒的。

换好衣服，他拉着我同另一位女学员打了招呼。

"郑米米，比你多上三堂课。"他介绍道。

名叫"郑米米"的女孩儿不知道有没有成年，看起来特别小，扎着条马尾，笑起来有酒窝，青春洋溢得仿佛早上八九点的太阳，正是最娇艳明媚的时候。

"终于有比我入门得晚的人啦。"郑米米与我握手，马尾辫因视线的转动一晃一晃的。

"陆枫。"我自我介绍道，"你好。"

"叫师姐吧。"

我一愣："师姐？"

"对啊，我们这儿都是这样叫的，按入门先后。"她叉着腰，没被运动背心覆盖的肌肤上全是汗水。

我去看周教练，对方只是对我笑笑，一副"小女孩我也拿她没办法"的样子。

我无奈，只有屈服："行吧，小师姐。"

"耶！"郑米米高兴地原地起跳，叽叽喳喳得像只欢快的小麻雀。

周教练击了击掌，示意我们安静下来，随后开始教我们基础动作。

"这样，手臂举到脑袋两侧，护住你的左右两边，膝盖微微弯起，保持灵活……"

他在前头示范拳法动作，让我和郑米米在后头学，完了再到后头来纠正。

如此半个小时，我身上竟然也开始出汗。

重复着刺拳动作，郑米米突然问："教练，咱们师兄什么时候来啊？"

"师兄？"周教练调整着我的姿势，蹙眉回复郑米米，"哦，你说盛先生啊？他好像说今天要来的。你别叫他师兄，怪不好意思的，他那么厉害，都不需要我教，我还想拜他为师呢。"

"他终于要来啦？太好了！"郑米米欢呼雀跃，脸颊都微微泛红，

"以前我们的身份不允许我喜欢他，现在不一样了，他单身我也单身，我终于可以大声对他说爱了！"

她还是敢爱敢恨、勇敢追爱的年龄，看着她就好像看着以前的我一样，莫名地觉得这小丫头还挺招人喜欢。

我问："你们以前什么身份？"

郑米米毫不避讳："他是我表姐的未婚夫。虽然我表姐一直说他是怪人，可我就觉得他很酷啊，跟那些追我的同龄男生一点也不一样，成熟又有魅力。"

周教练背对着她，闻言表情微妙，一副强忍下强烈吐槽欲的模样。

"哦，那就是表姐夫。"

也还好，不算特别禁忌的关系。

问过才知道，郑米米今年刚二十岁，之前一直在国外读书，这次知道表姐和表姐夫分手后，特地千里迢迢赶回来"挖墙脚"。然而目前两人就见过一次面，对方似乎还压根儿没认出她来。

"单恋这条路不好走啊，任重而道远，小师姐，你慢慢走……"

周教练有电话离开片刻，让我和郑米米互相拉拉筋。郑米米以前练过舞，完全不在话下，坐着双腿伸直，指尖能直接碰到脚背。

轮到我时，那可是要我老命了。

"你的筋……怎么这么紧啊？"郑米米按着我肩膀助我下压，咬牙道，"你好硬啊！"

我一口气差点儿没泄了："注意你的言辞，小师姐……欸，有点厉害了……停停停，我受不了了……"

郑米米整个人压我："不行，再来十秒，你这个筋一定要好好开开。"

说完她开始给我倒数，这大概是我这辈子度过的最慢的十秒，数到五的时候，我觉得仿佛已经过去了一分钟那么久。

终于到"一"，我身上猛地一轻，瞬间直起身大口喘息起来，一下子瘫软倒到地上。

"啊！我表姐夫来了！"郑米米声音忽地压低，"快看快看，帅不帅，酷不酷？"

我撑起手肘，抬起脑袋往她视线方向看去，一眼看到对方手上鲜艳的红色，接着便是那张又酷又帅的脸。

盛珉鸥熟练地将手带绑在手掌上，拉起拳台护绳矮身钻入，周教练跟在他身后，两只手上皆戴着手靶。

没想到这都能碰到盛珉鸥。

郑米米说他是表姐的未婚夫，那她不就是萧沫雨的表妹？

我知道清湾不大，没想到能这么小。

打从心底觉得好笑，我坐起身，目光灼灼地盯着他，嘴边笑意久久不消。

盛珉鸥感觉到了我的注视，往我这边看来，一个停顿，眼眸微微眯起。

我知道，我也很惊讶。

这可不是我要强求，是老天硬是要把我们撮合到一起的。

我冲他笑笑，飞了个眼神过去。

"啊，他在看我他在看我！"郑米米激动不已，朝盛珉鸥小小挥了挥手，一副粉丝见到偶像明明很兴奋却要假装淡定怕吓到对方的模样。

盛珉鸥扫了一眼她，没有任何回应，朝周教练抬抬下巴，开始自己的训练。

这是我第一次看他打拳，虽然这方面我只能算作小白初学者，但只是从他出拳的速度、踢腿的力量感上，便能明白周教练所言不虚，他真的很厉害。

"哇，他的汗水都闪闪发光，好漂亮哦。"郑米米双手按在胸口，一脸迷醉，"为什么他这么完美！想给他举靶……"

盛珉鸥一脚踢在手靶正中，周教练连连后退，一屁股摔到地上，摔得龇牙咧嘴。

郑米米倒抽一口气："算了，被他打到一定很痛。"

那可是相当痛啊。

我站起身道："行了，我们继续吧。"

结束训练，一身臭汗，最后要去冲澡前，郑米米拉着我，给我演示了一遍手带的绑法。

"不对不对。"她捧着我的手，"要这样绕。你看这样就好了嘛，你试试。"

我照她说的试了试，还挺容易。

"谢谢小师姐哈，我先走了，下次见。"我挥着手与她道别，余光瞥到盛珉鸥仍在台上，不知什么时候才走。

冲完澡，洗去一身疲惫，用浴巾围住下身，我擦着头发往外走去。

我打开储藏柜，刚开了一道缝隙，身后猝然探出一条手臂，一把按在门上，将柜门又给关上。

背后隐隐传来压迫感，对方站得很近。

"你又跟踪我。"

天地良心，谁跟踪他谁是小狗。

哦，不对，小师姐应该跟踪他来着，不然不可能知道他在这里打拳。

小师姐对不住了。

我和他还有约法三章，我不能说话，于是只是摇了摇头，没有开口。

"说好的一个月，你连一个星期都没做到。"

我无法抑制地打了个哆嗦，往前一脑袋磕在金属柜门上，想通过这种方式冷静冷静，顺便拉开与他的距离。

"你何必一直纠缠不放。"按在柜子上的手臂收回，掐在我后颈处，有些凉，我被那冰冷的温度吓了一跳。

额头抵着柜门，视线移向下方，当发现自己两条腿都在微微颤抖时，连我自己都在心里唾弃自己。

这样就不行了？陆枫，你也太没用了吧！

"只有你是我哥，别人和我有什么关系？"我咬了咬牙，说了今晚与他的第一句话。

颈后力道一下加重，我听到他似乎是嗤笑了一声，充满不信与嘲弄。

"哦。"

更衣室外传来人声，有人要进来了。

他只能退后，一言不发地远离我。

我维持一个姿势良久，直到心中惧意消退，这才回过头，身后自然已经没有人。

换好衣服，我又在原地等了片刻，盛珉鸥都没再回来。

叹一口气，我怀着些许遗憾起身离开。

## 第四十五章

清湾的夏季闷热潮湿，雨水总是很多。我抖落雨伞上的水珠，将其收起，法院门口有专门存伞的地方，这样便可在糟糕的天气不弄脏大理石地面。

我进入法庭时，沈小石已经到了，而另一边的被害人家属席也坐着不少人，有老有少，面色不善。

"盛律师说，我弟弟会作为控方证人出庭做证。"我刚一坐下，就听沈小石道。

我记得他弟弟还未成年，读的是寄宿制学校，案发时……并不在家。

"发生这种事，他应该也很难过。"

沈小石注视着空无一人的证人席，抿唇点了点头。

"我还没单独见过他，出事后，他爷爷奶奶就把他从学校接走了。我几次想见，都被他爸那边的亲戚拒绝。"沈小石目光移到另一边，自坐在第一排的几个中年男人身上扫过，阴骘道，"他们要我给一百万元赔偿金，补偿他们家的损失，不然就不出谅解书，让我妈到死都出不来。"说着，他放在膝盖上的手骤然紧握成拳。

我看出他情绪不佳，有些担心。

谅解书相当于一个赔偿协议，有了这份东西，法官在酌定量刑上便会相对从轻。

当年我也有这东西。我妈不知道给了多少钱求得齐阳父母出谅解书，这才让本该判处十年以上徒刑的我，最后只坐了十年牢。

庭上并无详细解读这份东西，只是作为一项材料提交给了法官。之后我试着问过我妈到底给了齐家多少钱，她一开始怎么也不肯说，只是让我不要担心钱的问题，后来被逼急了，说是给了五十万元。

五十万元，一般家庭怕是难以一下拿出这么多钱，更何况我家这样的家境。我问她哪里来的这些钱，她言语闪烁，说自己本就有些积蓄，加上将房子卖了，便最终凑齐了这五十万元。

我听她说将房子卖了，心里实在不是滋味。房子虽破旧，但也拥有我们一家那么多年的回忆，每一个角落，每一处斑驳，都承载着我们四人的辛酸苦痛，甜蜜快乐。

无论家人如何，只要房子还在，就好像家也还在。

然而如今房子没了，房子里曾经住着的男主人过世，大儿子长大离家，小儿子身陷囹圄……我突然便觉得，这个家好像真的要散了。

我妈看出我难过，还宽慰我说原来房子采光不好，她一个人住也太大了，早就想换个楼层低点、面积小点的房子。

其实我知道这不是全部，我出事后，邻里间必定闲话众多。她一向要面子，怎么能忍受他人的闲言碎语？搬离老房子，怕也是为躲那些指指点点。

"钱的事你不用担心，"她握着电话，将手掌按在面前的透明挡板上，眼眶微红，"这是……欠你的，怎么还都不过分。"

这句话的主语淹没在她的唇齿间，模糊不清。都说孩子是父母的债，我下意识便认为她说的是这个意思，心里更是不好受。

"不，你们不欠我，是我亏欠你们太多。"我紧紧握着话筒，心中全是失落沮丧。

从出生起，我便不停索取，从未尽孝。是我亏欠他们太多，一切都是我的错。

我既辜负了他们的期望，也完成不了他们的心愿，这一辈子都割舍不了他们最想让我割舍的东西。

今生我与他们缘分太浅，一切恩怨，我只得来世做牛做马偿还。

不算漫长的等待后，庭审开始，负责此次案件的检察官是名中年男性，中规中矩地做了开庭陈述。

"本案的被告姚婧女士，6月17日晚用一把藏于家中的斧子残忍杀害了与自己相濡以沫十六年的丈夫唐志鹏。此后她主动投案，交代了犯罪过程，表示全因家庭琐事而起，一时冲动铸下大错。犯罪事实清楚明晰，证词完整。姚婧女士杀了人，她该为她的行为付出代价，我以公诉人的身份希望能以故意杀人判定她有罪。她也确实有罪。"

沈小石的母亲坐于被告席，穿着一件代表羁押状态的橘色马甲，发丝凌乱，神情萎靡，瞧着对一切外物刺激都十分迟钝的模样。

"姚婧女士并没有故意杀人，她只是合理地正当防卫。这是一场悲剧，是谁也不想发生的意外，但主要责任并不在我的委托人。姚婧女士长期遭受唐志鹏的虐待折磨，家暴历史长达十六年，没有什么相濡以沫，只有相濡以血。这场婚姻里，浸满了姚婧女士的血。"盛珉鸥站起身，语气节奏都掌握得恰到好处，仿佛在进行一场准备已久的演讲，"十六年来她一次次忍受唐志鹏对自己的拳打脚踢，毫不反抗，直到这一次……"

"那是她的家，一把斧子出现在家里又有什么奇怪？检察官或许在家不怎么料理家务，所以不知道斧子也是处理食材的必备工具之一。姚婧女士负责家庭日常三餐，厨房里有把斧子怎么能叫作'藏'？"

检察官板着脸，推了推眼镜，脸色有些不好。

"我与我的委托人姚婧女士并不接受故意杀人的指控，希望各位能将唐志鹏长期家暴，并且案发时处于醉酒状态等一系列因素考虑进本案。这是出于本能的正当防卫，他对她造成了严重的身心伤害，如果不反击，她就会失去生命。我相信，任何正常人都会为了保护自己不惜一切。"

"你放屁！"

盛珉鸥话音未落，旁听席突然传出一声响亮的咒骂。

"是唐志鹏的弟弟。"沈小石在我耳边小声道。

唐志鹏的家人听了盛珉鸥的话都十分愤懑，在旁听席骚动起来，完全不顾法庭秩序，甚至有的站起来往场内投掷杂物。

盛珉鸥被一团纸球砸中胸口，垂眸看了一眼，弹了弹并无不妥的西服领口，一副要把什么脏东西弹掉的样子。

法官敲了几次法槌都无法让唐家人安静下来，只能出动法警，架走了最吵的那几个。

剩下的人一看情况对自己不利，也不敢再生事端，老老实实坐下，哀求法官不要赶他们出去。

众人蹙眉看着这场闹剧，对唐家人的观感降到谷底。

法官沉着脸没有再让法警赶人，宣布庭审继续。

之后的庭审中，检察官展示了众多案发现场的照片以及证物，包括凶器板斧，以及法医的验尸报告。

不难听出，他希望塑造一个为了摆脱丈夫，因此处心积虑准备凶器，伺机灌醉对方，再实施谋杀的妻子形象。

庭审氛围越来越紧张，控方检察官与盛珉鸥你来我往，将言语化为利刃，兵不血刃地激烈交战着。

姚婧同唐志鹏的儿子唐卓上庭做证时，沈小石浑身的肌肉霎时绷紧，眼睛一眨也不眨地注视着那个有些畏缩地走上证人席的小胖子。

一直表现得颇为麻木的姚婧，第一次抬起了头。

检察官："能不能告诉大家，你的父母近两年关系如何？"

小胖子看了一眼母亲，又看了一眼旁听席的唐家人。

"我读的是寄宿制学校，平时我不知道，但我在家的时候都挺好的。"

"有看到爸爸打妈妈吗？"

"没有。"

"妈妈有和你倾诉过这方面的事吗？"

小胖子顿了顿，最终摇头。

姚婧闭上眼，两行泪水自脸庞滑落。她将脸埋进掌心，单薄的肩膀耸动着，十指枯瘦如柴，似乎一折就断。

检察官道："法官阁下，我没有话要问了。"

盛珉鸥起身，我有点紧张，他的问话方式过于凶残，不知道会招致唐家怎样的反弹。

"去年你生日正好是周六，我看了你的朋友圈，那天你在家。"

小胖子有些不安地眼神游移起来。

"那天有发生什么吗？"

小胖子眉心一点点皱起："去年的事，我不记得了。"

盛珉鸥冷笑："你妈妈晚上十点去医院急诊，脑袋上缝了五针。你在家却一点都不知道发生了什么吗？"

小胖子咬着唇，摇了摇头："不记得了。"

"你十六岁生日，一家人吃饭时甚至还拍了合照，这么重要的日子，你真的不记得了吗？"

"我说了我不记得了！"

盛珉鸥留了几秒空白完全没有说话，随后示意法官没有需要交叉询问的了。

庭审结束后，吴伊过来叫住沈小石，说检察官想要与被告律师和家属面谈。

他见沈小石面露迟疑："当然，这不是必选项。"

唐家人此时也离开了法庭，经过我们身边时一个个盯着沈小石，目光十分不善。

"唐卓……"见到被唐家人簇拥的小胖子，沈小石一个箭步上前，下一刻立马被唐志鹏的弟弟拦住去路。

"干什么？"对方指着沈小石，"你个杀人犯的儿子离我侄子远点！我们唐家人跟你没任何关系。"

沈小石目光陡然凶狠起来："你再指着我试试！"

对方一愣，似乎一瞬间被他气势震慑。

我快速插到两人中间，按下那根戳到眼前的手指，淡淡道："这儿是法院，你们声音轻一些。"偏头对沈小石道，"你也是。"

沈小石撇过脸，神色难明。

"上梁不正下梁歪，果然有什么样的妈就有什么样的儿子。"对方冷哼一声，一大家子浩浩荡荡离去。

小胖子在人群中回头看了一眼沈小石，眼神颇为留恋，但终究还是跟着自己爷爷奶奶走了。

吴伊有些叹为观止："这家人真是……"

他们律师事务所接的都是大案子，客户也大多是体面人，自然没见过这种素质。

"枫哥，你先走吧，不用等我。"狠色退去，沈小石瞧着落寞至极。

我拍拍他胳膊，也不知道要说什么。

"行，那我先走了。"


沈小石随吴伊离去后，我到存伞处取伞，准备回家。结果刚取完伞，转头便遇到了孟璇君。

自从罗峥云案终止审理后，这还是我们第一次见面。

她也有些惊讶："陆枫？你怎么在这儿？"

"朋友有个案子，我陪他旁听一下。"

我没多说，她也没多问。闲聊两句，寒暄过便也算完成了成年人社交的必备步骤。

"对了，你有老黄的联系方式吗？上次多谢他为我出庭做证，我一直想当面感谢他来着。"

孟璇君很快反应过来"老黄"指的是谁，忙掏出手机翻起电话簿。

"这儿呢，我留着他的手机号。"

她将老黄的电话给到我，之后挥手与我告别。

撑着伞，往法院外慢悠悠走着，未免唐突，我先给老黄发了条信息，表明自己的身份。

结果不出一分钟，对方电话便打来了。

"我就在想你什么时候给我打电话呢。"中气十足的声音从电话那头传来。

听到熟悉的语气和声音，我也忍不住笑起来。

"你一直在等我请你吃饭吧？"

老黄闻言哈哈大笑。

今天他正好轮休，住得离我此时所在的法院也不远，我便索性择日不如撞日，晚上约他出来喝一杯。

约的烤肉店，老黄比我还要先到，一见到我，就问我什么时候学会喝酒了。

我摸摸鼻子，习惯性地见了他就想立正站好。

"也不算会，最多就能咪两口。"

老黄给我倒茶，面上笑嘻嘻，实则藏着严厉道："不会好啊，喝酒伤身体。"

我们聊了些里面的事，又聊了些外面的事。

知道我在跟着魏狮做事，老黄一拍大腿，说早看出来魏狮是个有本事的，人也讲义气，让我继续好好跟着他。

"有手艺就不怕没饭吃。"老黄喝了口茶道。

聊着聊着，聊到上次罗峥云那案子，老黄止不住地摇头，虽说恶人得到了应有的惩罚，可这结局却有些太过惨烈，让人唏嘘不已。

"说来也巧，我在旁听席见到一个人……"

我好笑道："见到人有什么奇怪的，那里都是人啊。"

老黄白了我一眼："这人我以前在我们监狱大门外见到过很多次，年年来，年年都不进去，就在外面抽烟，有时候能站一整天。"

"这么奇怪？"我皱了皱眉，也有些想不通，"男的女的？"

"男的，长得跟个明星一样，不然我也不可能记他这么多年。话说回来，今年好像还没见过他呢。"

递到嘴边的茶杯一顿，男的，长得跟明星一样，出现在罗峥云案的旁听席，年年来监狱却不进去……

可能吗？

手指收紧，为了脑海中那个模糊的可能，我无端紧张起来，心跳也一点点加快。

放下茶杯时差点儿碰洒了，我手忙脚乱地甩着手上的水，点开一旁手机，翻找出我偷拍的一张盛珉鸥的侧颜照递到老黄面前。

"是……他吗？"我简直是小心翼翼地问着。

老黄接过眯着眼看了看："对对对，是他。"他疑惑地抬头，"你怎么有他的照片？"

竟真的是他。

一刹那，我仿佛被雷电劈中了，那并不能用单纯的震撼和意想不到来形容。

鸡皮疙瘩蹿上后颈，我甚至怀疑起了这个世界。

我是不是在做梦？

那这个梦真的真的，也太真实了吧。

"他是我哥。"我的声音轻飘飘的有气无力，因为我早就魂不附体。

| 第四十六章 |

我以为，十年来盛珉鸥并不关心我的死活，毕竟他一直以来的态度实在是冷酷到让人心颤。

可如果，这一切并非表面看到的那样呢？

与老黄告别后，我步行回家，经过超市进去买了一包烟和几罐啤酒。

虽说喝酒伤身，但这样的夜晚这样的心情，实在很适合喝他个一醉方休。

记忆逐渐回到十年前。

我很少回忆那一天发生的事，今天却忍不住一再去想其中的细节。

睽违两个月，盛珉鸥终于接起了我的电话。

我不知道这算不算讲和的信号，但我是那样欢喜，那样兴奋，甚至下狠手掐了一把自己，看到底是不是在做梦。

"哥……"

"陆枫，别再发那些东西了。"电话那头传来盛珉鸥熟悉又冷漠的声音。

我握紧手机，哑声道："你都看了吗？"

那些关心他，跟他道歉的短信，那些絮絮叨叨，连我自己都觉得傻气的东西，他都看了吗？

盛珉鸥道："没有，我没时间看，也不需要那些东西，所以别再发了。"

他不需要我的关心，也不需要我傻气的讨好，他甚至……不需要我。

意识到这一点，我不免有些沮丧。

"好，我不发了。"

我弯着腰，垂着眼，意兴阑珊，能够和盛珉鸥通电话的喜悦，只是须臾全都化作了苦涩。

那头静了片刻："就这样。"

我一愣，脊背猛地挺直，急急道："哥，我……我想见你。求你了，让我见见你吧！我什么都不会做，就只是想见见你，看你过得好不好……"

电话没挂，盛珉鸥却也没再出声。

"看我过得好不好？"忽然，盛珉鸥呢喃着，似乎是在笑，"这世界对我来说没有任何意义，也无所谓好不好。"

"哥……"

这世界对他来说或许毫无意义，这世界上的人也是可有可无，可他对我来说却很重要，非常重要。

我想将自己的想法传达给他，我想告诉他我有多重视他，可他必定不会在意，说不定还会觉得我可笑。

"也好。等你真正见识过恐惧，就不会再接近深渊。"

我回过神，便听他像是自言自语地呢喃了一句。

他的话语意不明，什么恐惧什么深渊，我没懂他的意思，心里有些疑惑。可不等我再问，一个天大的好消息便砸到了我面前——他同意见我了。

"明天下午五点，废墟见。"他说，"不要晚到，也不用到得太早。"

废墟离我家不远，是我小时候犯了错躲骂的地方。从我有记忆以来，巨大的烂尾楼便矗立在那儿了，似乎原本是要造一座商务楼的，只不知为何突然停工，一停就是好多年。

第一回躲那里，全家发现我不见了急得到处找我，还打电话到我各个同学家，问有没有见过我。

我妈急得直哭，以为我是被人贩子拐跑了，其实我是不小心睡着了。等我再醒天已经擦黑，一束手电光直射我的眼，将我照得满眼小星星。

"陆枫？"我捂着眼，就听盛珉鸥的声音自白光后传来。

那么黑的天，路也不好走，真不知道他是怎么找的，竟然找到了那种地方。

盛珉鸥没有问我为什么躲在那儿，也没表现出找到我的激动或者愤怒，只是牵着我的手，打着一支手电筒安安静静离开了废墟。

等回到家盛珉鸥给还在外面找我的父母打电话，我才知道事情大了，一时怕得瑟瑟发抖。

我爸妈很快回来，我以为要经历一场"混合双打"，躲在盛珉鸥背后不肯出来。可让我没想到的是，我妈就算了，连我爸竟然也只是说了我两句，让我下次不要动不动乱跑，之后就那样放过了我。

小时候我觉得自己躲过一劫，为此庆幸不已。长大了才明白，我失踪的那短短几个小时，对我来说不算什么，对他们来说却可谓度秒如年，或许他们已经在脑海里想过数千种糟糕的可能。所以当我完好无缺地出现在他们面前时，他们又怎么舍得再说重话责骂我？

唉，这都不责骂我，也难怪我长大了会那样胆大包天。

我记得我问过盛珉鸥，怎么会知道我在那废墟里藏着。

他想了想，说是直觉。

在他是直觉，我却把它当作兄弟之间的感应，往后再有失意不快的时候，便总是往那里躲，而他也总是能一次次找到我。

可以说，那是我和盛珉鸥的秘密基地，是拥有特殊意义的，一个特别的存在。

盛珉鸥约我见面我自然高兴，可也有些奇怪他为什么要约在那个地方。

我一夜辗转反侧，不停想着盛珉鸥的事，兴奋又焦虑，第二天一早便再也睡不下去，起床打算前往废墟。

没错，虽然盛珉鸥约我是在下午，但我等不及要见他，打算早早便等在那里。

我收拾行装，背包里带上面包与水，准备出门。

而就在这时，我接到了一个陌生来电。

那组号码我从未见过，显示是本地的，响了许久没挂。

我疑惑地接起一听，那头竟然是齐阳。

"你怎么会有我的号码？"我紧紧握着手机，拎着背包在沙发上坐下，原先的雀跃已完全被一股暗火覆盖。

齐阳没有回答我的问题，他的语气充满同情与怜悯，仿佛他才是那个与我一起长大，对我操心颇多的兄长。

"你发给盛珉鸥的短信我都看过了，他一条都没回你吧，小可怜。"

他戳我痛脚戳得结结实实，正正好好，不得不说他实在是名话术高手，深谙惹怒他人的秘诀。

"和你没关系，我们之间的事不需要你操心。"我磨着牙，暗恨不已，如果齐阳在我面前，我能一口唾沫吐在他脸上。

"他今天是不是约你见面了？"

我一下瞪大眼，惊疑道："你怎么知道？"

脑海里一瞬间闪过许多念头，见面的事是盛珉鸥昨天才与我说的，齐阳怎么会知道？难不成……是盛珉鸥告诉他的？

可就算说了，齐阳现下又为什么打电话给我？为了挑衅我跟我示威？

"小可怜，你有什么想不明白的，可以早点来，我告诉你。"

我一听他竟然连地点都知道，心下大乱："是不是盛珉鸥和你说的？"

心里仿佛有一个声音在尖叫："告诉他了……不仅是短信的事，他连我们的秘密基地都告诉他了！他怎么能这么做？他怎么可以这么做！"

齐阳轻笑着，声音穿过我的鼓膜，升起阴冷的不适，仿若是一条毒蛇在我耳边吐着长芯。

"来吧，我等你。"说完，他挂断了电话。

我紧握着手机，注视着屏幕上五分钟不到的通话记录，深吸一口气，拎着背包就要出门。

视线扫过茶几上的弹簧刀时，我身形一顿，思索片刻，最后一把抓起，塞进了裤袋里。

"这么早你要去哪儿？"我妈听到响动从屋里出来，睡眼惺忪。

我闷头往外走："出去一下，很快回来。"

我妈站在原地没动，半天试探性道："是不是要去找你哥？"

"不是。"我穿好鞋，抬头冲她笑了笑，走了。


等我到那座烂尾楼废墟，刚从裂开的金属挡板缝隙中钻入，便听到头顶上方传来齐阳的声音。

"这里！"他站在最高处，朝我挥动双臂。

我抿了抿唇，往楼上走去。

烂尾楼只造了一半，混凝土结构浇筑完毕，其余一概没动，地上随处可见残留的钢筋和生活垃圾，由于没有墙壁，倒是十分通透敞亮。

齐阳在顶层等着我。

和之前几次见到的不同，他那天没戴框架眼镜，头发似乎也细心打理过，显得颇为精神，乍一眼看去，我差点儿没认出他来。

"小可怜，很高兴你还是来了。"

但一开口，我知道，他还是他，那个神经病。

"说吧，你到底想干吗？"我放下背包，警觉地并没有离他很近。

齐阳笑了笑，朝我缓缓走过来："盛珉鸥今天也约了我。"

我茫然了一瞬，还未想明白他话里的意思，就听他接着道："他要我杀了你。"

全身的血液在那一霎仿佛都凝结了，明明是盛夏时节，楼下树梢上的知了吵闹得方圆百里都能听到，我的手脚却控制不住地发冷。

齐阳的话实在很好笑，也很荒谬，但不可否认，冲击力同样不小。

惊慌过后，恼怒袭上心头。

"不可能。"我迎上他，一把揪住他的衣襟，"你少瞎说！"

齐阳还在笑："试想一下还有什么更好的办法可以让他一下子解决两个麻烦？我们两败俱伤，在这里双双死去，对他来说才是最好的结局。"

他的话使我产生了动摇。

"别说了。"

"怪物是没有心的。你在他心中到底有多少分量，你自己难道不知道吗？"就算被我揪住衣领，他也毫不畏惧，"他怎么可能爱你和你的家人？他连什么是爱都不知道。"

"住嘴！"

我一拳狠狠挥向齐阳的面门，他踉跄两步，稳住身形，摸了摸自己破皮出血的嘴角，笑得更为诡异。

"你现在的表情可真有趣。"他缓缓从地上捡起一根钢筋，"原本我该躲在这里，杀了你，再把你埋了。可我突然觉得那样太无趣了，我一个人行走在深渊又有什么意思呢？我要把盛珉鸥一起拉进深渊才行啊。"

等你真正见识过恐惧，就不会靠近深渊。

脑海里闪过盛珉鸥语焉不详的话语，难道，他真的想让齐阳杀了我吗？

"你可以让我把你绑起来，也可以安静地躲在这里，看我杀了他，或者他杀了我。"他手握钢筋，疯狂地笑起来，"无论如何，他都会被我带进地狱。"

他疯了，他真的疯了。

这样想着，我扑过去，抢夺他手里的钢筋。我们在地上翻滚，灰尘呛进口鼻，落进眼里。

我有些睁不开眼，被他抓住机会用钢筋勒住我的脖子，将我死死压在身下。

脖颈剧痛，两脚踢蹬着，就在我两眼发黑就要喘不过气时，脖子上的力道忽然一松，齐阳没来由松开了对我的钳制。

裤子口袋里，那把以防万一带上的弹簧刀因为剧烈的动作而掉了出来，正好被我够到。

脖子上火辣辣地疼着，我第一次感受到空气竟然是那样甜美。

慌乱中弹簧刀扎进肉里，一瞬间仿佛时间都静止了，齐阳低头看着自己侧腹，鲜血顺着刀口流淌而出。

他踉跄着站起身，并没有管身上的刀伤，钢筋高高举起，眼看就要落下。我就地一滚，险险躲过一击。

可他没有就此放过我，扑过来又与我缠斗到一处。

"我只要不死，就会一辈子不放过盛珉鸥。"他的齿缝里面是鲜血，笑容堪称狰狞，"他永远别想摆脱我，永远！"

看他的表情我就知道，他说的都是真的。

他不会放过盛珉鸥，他会诱他朝深渊堕去，再也回不到阳光下。

"你做梦！"我低吼一声，握住那把插进他腹部的刀用力拔出，刹那间，温热的鲜血溅到我的手上，黏腻一片。

他痛哼一声，捂着伤处想要拉开与我的距离。我从后面追上他，满脑子都是不能让他再接近盛珉鸥的念头。

齐阳同我推搡着，开始狂笑。

"你真是可怜虫……他、他永远不可能视你为家人，你却要为他做到这一步？"他转过身，猛地一棒子抽在我胳膊上。

我手腕一阵剧痛，弹簧刀再也握不住。

齐阳再次扑向我，我用仅剩的那只手抓住他袭过来的钢筋，两人不知不觉缠斗到了没有防护栏的边缘地带。

"你保护得了一时，保护得了他一辈子吗？"他问。

钢筋尖锐的顶端一点点凑近我的眼球，我咬牙硬抗着，从喉咙里逼出两个字。

"我能。"用力一推，我不慎将他推了出去。

上一秒他狞笑着的表情还映在我眼前，然后下一秒，一切发生得太快，只是眨眼间，齐阳脚一崴便整个人摔下平层边缘。

我下意识想去抓他，可已经来不及。

他从我眼前消失，七八层楼的高度，他背朝下摔在一块碎石上。我扑在边缘往下看，他口鼻流血，并没有一下子就死，而是睁眼凝视着我片刻，才缓缓闭上眼。

我瘫软坐到地上，呆呆地不知道接下来该怎么办。忽然，我听到手机振动后铃响，四处张望了半天，才确定是从自己背包发出的。

我疲惫地挪到背包处，拉开拉链，发现是盛珉鸥的短信。

他说，记得准时到。

| 第四十七章 |

　　废墟附近有人目睹了我与齐阳的缠斗，直接报了警，之后向警方指认是我将人推了下去。弹簧刀为我所有，上面沾满我的指纹还有齐阳的鲜血。一切的一切，无可争辩。

　　因为受不了齐阳一直纠缠自己的兄长，忍无可忍的我将他约出来痛下杀手。这是检方认定我的杀人动机。

　　我那时候已经年满十六岁，达到完全刑事责任年龄。就算最后求得谅解书，但在故意杀人罪下，我仍被判处十年徒刑。

　　十年间，盛珉鸥一次也没来看过我，无论我写多少封信给他，他亦从来没有给我回信。

　　悲惨的可怜虫，死乞白赖的癞皮狗，一厢情愿的蠢货。到今天以前，这些标签我一概全收，因为我的确如此。

　　我妈死的那天，我与盛珉鸥发生争执，我问他当年是不是故意引我去找齐阳，他没有否认。我一度以为事实正是如齐阳所说，盛珉鸥不过是想要利用一次绝佳的机会除掉两个讨厌鬼。

　　可如果现在将一切反推，以盛珉鸥并非对我无动于衷来作为最终解往前推，我接收到的信息与我确认的所谓事实中，必有一个是假的。

　　盛珉鸥没必要默默做十年的戏等着我发现，反观齐阳巧舌如簧，又病又疯，他很可能是看准盛珉鸥不屑同我解释什么而故意将一些莫须有的罪名安到他头上。

不过，说到底我也只有老黄这一个人证，十年过门不入也做不得什么准。以盛珉鸥的嘴硬程度，我这会儿去问他，他可能会告诉我是因为郊区的空气比较好，他才想去那里郊游顺便抽两根烟陶冶情操。

超市买的酒一罐罐喝完，我喝得脚步虚浮，原本往家走的路线也逐渐偏离，等回过神的时候，三更半夜，我竟然步行走到了盛珉鸥所在的小区大门外。

保安看我醉醺醺的，拦着我不让我进，硬是问我要找谁。

我报了盛珉鸥的房号，在他按响通话设备后，絮絮叨叨起来。

"哎，我真的是来找我哥的。你查嘛，是不是，住里面的是不是叫盛珉鸥？"

保安皱着眉看我两眼，似乎对我这种状态颇为忧虑。

"喂？"

铃响了几声后，那头通了，保安立马告知了情况，不等盛珉鸥说什么，我整个人扑过去，对着对讲器打了个酒嗝，莫名其妙笑起来。

"哥，是我啊。"

那头安静，保安吃力地将我隔开，对着对讲器道："就是这样，盛先生，您看您认识这位……先生吗？如果不认识的话我们就要报警处理了。"

我两手拢在唇边，加大音量道："哥，我是陆枫啊。我喝了点酒，你来接我一下吧……嗝……我也不知道为什么就到了你这儿……"

我的酒量其实真的不太好，这会儿虽然神智还算清醒，但心跳加速双颊滚烫，更要命的是头晕得不行，胃里随时都像要反出东西来。

不去想还好，越想越是反胃，忙跑到门卫室外的花坛呕吐起来。

夺门而出前，耳边传来盛珉鸥忍着不耐烦又无可奈何的声音："麻烦了，我马上就来。"

我蹲在花坛边吐得昏天暗地，差不多将晚上和老黄吃的那顿全都充作了花肥。

保安小哥看我难受，递来一瓶矿泉水让我漱口。

果然是五星级小区，连保安都是五星级的。

"谢谢。"我接过了矿泉水，漱了漱口，感觉吐过后清醒了一点。

五分钟后，盛珉鸥自远处缓缓朝这边走来。不同于我见到他的任何一次，他的头发看起来十分松散柔软，身上穿了件宽松的白色T恤，脚上竟然是双人字拖。

他走到我面前，面色不善地垂眼凝视我："大半夜喝得烂醉如泥，你还真是活得跟蛆虫一样。"

换作以前，我一定会因他刻薄冷漠的评价而失落痛苦，但今天我一点都不觉得难过。不仅不难过，我还有点兴奋。

"哥……"我冲他傻笑，"你来接我啦。"

我摇晃着站起身，一下腿上力道不够，歪倒在他身上。他踉跄两步，及时扶住我，语气更为不妙："站稳。"

我大着舌头道："我头晕……"

盛珉鸥可能看我醉得厉害，最终放弃与我沟通，架着我沉默地往他公寓楼方向而去。

由于我的全身重量都在他身上，他一路走得颇为艰辛，到他房门口时，更是由于空不出右手按指纹，只能艰难地用另一只手输入密码开了门。

输入密码期间，我偷偷把眼睛开条缝记下数字，进屋后又迅速闭上眼装死。

盛珉鸥将我丢在了客厅那块巨大的长毛地毯上，随后揉着后颈似乎要走。

我迷迷瞪瞪一把扯住他的裤脚，嘴里不住嚷嚷着口渴，想喝水。

盛珉鸥静止片刻，稍稍用了点力，将自己的脚从我手中"拔"出，接着便是一阵脚步远离声。

唉，果然，他可能对我并不厌恶，可说到"在意"，还是有点……没到那份儿上吧。

我趴在那里，有些泄气地垮下肩，将脸埋在臂弯中，心里止不住地叹气。

在我思考要不要继续借酒装疯，继续试探他时，本已经远离的脚步声去而复返。

嗒的一声，盛珉鸥将什么东西放到我身旁的地板上，随后再次离去。

等卧室传来关门声，我悄悄睁眼一看，发现离我不远处摆着一杯水，一杯普普通通的白开水。

我抚着涨痛的脑袋坐起身，对着那杯白水笑得跟个傻子一样。

那还是多少有点在意的吧？

这水不知道是什么牌子的，看起来平平无奇，喝在嘴里，竟是甜丝丝的。

喝完盛珉鸥给我倒的水，我枕着胳膊卧在白地毯上，一会儿翻过来，一会儿翻过去。倒不是睡不着，我就是舍不得睡，害怕睡着了再醒来，发现今日种种不过都是一场不切实际的梦境。

翻了个身，客厅垂吊的巨大黑色沙包下，整齐摆放着两卷红色绑手带。

按照盛珉鸥的性格，上次被我擦过手的那条他该立马丢掉才对，然而……我伸手够过那两卷绑手带，展开细细观察。手带一派寻常，没有任何破绽，看起来就像刚拆封不久，但我就是有种奇怪的预感——盛珉鸥指不定还留着那条脏兮兮的、沾满汗水的红色手带。

将绑手带覆在眼上，隔着一层朦胧的红色，我慢慢闭上眼，陷入了沉睡。


翌日一早，我仍在熟睡，却被人一把扯去脸上乱七八糟的布带，叫阳光折射我的脸面。

我痛苦地呻吟着，用胳膊遮住灿烂的阳光，迷迷糊糊看到盛珉鸥穿戴整齐地站在我面前，面无表情地俯视着我，一副毫不留情要在出门上班前将我赶出家门的样子。

我连忙趴进地毯里，装作还没有清醒的模样。

盛珉鸥等了会儿，大概实在震惊我竟如此厚颜无耻，忍不住用脚尖踢了踢我的腰侧。

"喂，起来。"他说，"滚回自己家睡。"

我的腰比较敏感，盛珉鸥力道虽然不大，但我仍然花了惊人的意志力才强迫自己没有扭身躲开。

踢了两下，可能是看我实在不起来，他无计可施，只得放弃。

"醒了自己走。"留下一句话，他往门口走去。

听到电子锁上锁的声音，我一个鲤鱼打挺从地上跃起，揉了揉自己的腰眼。

别的地方倒算了，腰是我敏感点，以前沈小石有一次从后面碰了我的腰，我一个肘击差点儿把他肋骨砸断。天知道我刚刚是怎么忍过来的。

环顾明亮简洁的室内，我巡视着屋子里的每一处细节，仿佛一匹确认领地的狼，每一样事物都在掌控之中才可完全放心。

指尖抚摸着墙面，我一路来到卧室，在那张唯一的床垫上躺下，翻滚。

盛珉鸥之前怎么也不让我进的私人领地，如今却随我进出，随我使用，实在是没有比这更爽的事——至少今天以内是如此。

躺完了，将他的床铺弄得凌乱不堪，我就像个吃干抹净的渣男，拍拍屁股头也不回就走，将接下去的目标瞄准了卧室对面，那间独立上锁的房间。

这间房我之前就很在意，到底里面藏着什么秘密？说它是间普普通通的书房，偏偏还带着锁，盛珉鸥律所的办公室都没见装电子锁，总不见得这是他的特殊癖好陈列室吧？

盛珉鸥的家一尘不染，干净整洁，一眼便能望透。除了这个地方。只有这个地方，他小心翼翼，不让任何人窥探。

说不准我想找的答案，也在这里面。

心痒难耐，好奇不已，我松弛着手部筋骨，蹲下开始研究那把锁。

锁和门口那把是一样的款式，在左右上下全都看过，看不出任何指纹残留后，我决心赌一把，输入昨天记下的密码。

按下最后一个数字，再忐忑地点上井号键，我本没抱太大期望，结果一声电子音后，门锁一道道打开，我轻轻一推门把手……门开了。

室内很暗，拉着厚厚的窗帘。

我屏住呼吸，借着一点微弱的自然光，看到室内墙壁上似乎贴满了东西，由于我开了门，带动了气流，接连传来纸张被吹起又落下的声音。

走进室内，我在黑暗中摸索一阵，终于摸到一个开关。按下去的瞬间，屋子一下明亮起来，惨白的灯光将整个房间毫无保留地展现在我面前。

鲜红的硕大字体，由油漆书写而成，布满了墙面。书写的人并不在乎美观，也不在乎是否会弄脏自己的地板，每一笔，都犹如凶案现场的血迹般争恐后从墙上滴落。

"离远一点儿"

"滚开"

…………

那些狰狞的血字压在凌乱的信纸信封上，像是某种古怪又邪恶的仪式。

我怔然立在原地，为自己看到的东西震惊无比。

盛珉鸥的房间，整齐有序，极简极净，从来没有多余的东西。他好像也不需要多余的东西。

可这个房间，杂乱黑暗，压抑混乱，完全不同于他展示在人前的个人风格，仿佛存在于另一个次元。

| 第四十八章 |

　　凑近了摸上那些字，凹凸不平的质感有些扎手，这才让我确信看到的种种不是个荒诞的梦。

　　墙上的信纸有的已经脆黄，看起来年代久远，我熟悉无比，统一落款写着我的名字。

　　十年间我写给盛珉鸥的信，他说没看过，全扔了，结果全在这儿呢。

　　"这就是……没看过，全扔了？"我站在正中环伺整间房，嘴中喃喃，"我以后再也不要信你的鬼话。"

　　仿佛是面对一幅颇具冲击力的艺术作品，我一开始只是站着，后来索性蹲下，最后更是一屁股坐到地上，舍不得移开眼。直到自己手机铃声响起，柳悦问我是不是今天不上班，我这才惊觉已经过了两个小时之久。

　　确保房间内的一切如我进房间前那样没有丝毫变化，我小心带上门，心虚地擦去门上并看不见的指纹，完了抹平盛珉鸥床上的褶皱，洗了杯子，这才出门去上班。

　　等我吹着口哨推门进到典当，一眼看到沈小石坐在老位置，手里捧着手机正打游戏，一瞬间还以为自己出现了幻觉。

　　"你怎么来了？"我绕着他打量，"不是说请一个月的假吗？"

　　沈小石抬头看了我一眼，很快又将视线移回手机屏幕。

"在家也没事做，就来了。"

我看了一眼正戴着耳机追剧的柳悦，挤到沈小石边上，轻声问他："和检察官谈得怎么样？"

沈小石游戏中的小人蹲在房间一角，一下子不动了。他放下手机，叹了口气道："检察官给出条件，认罪的话刑期减到五年。"

原本要二十年，如今只五年，可谓质的飞跃。

"但我妈没同意。"沈小石低声道，"她不认罪。我弟出庭做证，给了她很大刺激。"

不认罪，也就是这场官司要继续打下去，继续与控方拉扯，庭上交锋。检察官恐怕也没想到，让唐卓作为证人出庭，反倒使这个官司难度加大。


典当这行，也并非日日都有进项，更不是每件当品都能找到最终归宿，东西太过奇葩无人有意愿收，最后成了烂尾货也是常有的事。

这日生意清闲，我便寻了个时间进仓库盘点，结果搜刮出许多乱七八糟的玩意儿。落了灰的限量游戏卡带，整只的西班牙火腿，过季的名牌风衣……

"这是什么？"擦去盒子上的灰尘，我看这件当品颇为陌生，求助沈小石。

盒子四四方方，犹如电影里最常见的密码箱，打开了是手提电脑的样子，上方屏幕下方按键，还有许多插孔。角落塞着一个灰不拉好像袖套一样的东西，还有一卷缠绕在一起的细线，顶端连接着圆形电极片。看起来就像医院里做心电图的仪器，只不过要小上一号。

沈小石吹着游戏卡带上的灰，吹得自己呛咳不止，扫一眼我这边道："好像是之前有个侦探迷送来的……测谎仪。"

"测谎仪？"我感到不可思议，看着眼前的东西，"侦探迷还收集这东西啊……"

"主要不是当这个的，要是他光当测谎仪我也不会收。他当了套全球限量签名版的悬疑小说，那套小说网上价格炒得很高，他说要不是凑奶粉钱他是绝对不会卖的，把书给我的时候一米八的大男人还哭了呢。"沈小石耸耸肩，"我看他可怜巴巴，就把测谎仪一起收了，结果一直积灰没人要。"

一般人也用不上这东西啊。我看着眼前的黑箱子心想。

整理完仓库，把该扔的扔了，我与沈小石一个下午泡在里面，累得浑身酸痛，脏得灰头土脸。

"那火腿都放多久了，没坏吧？"

"应该没。这东西我记得能放很久，不过再卖不出去就有点危险了，一只腿好几万元呢……"

与沈小石说着话，我一脚跨出仓库，跟迎面进来的魏狮撞了个四目相对。

我甚至来不及给他使眼色，他见了我便眉毛一挑，大着嗓门道："昨天怎么样啊？发你信息你也不回，手机掉茅坑里了啊？"

昨天到今天，短短十几个小时，他不知道我经历了什么。我连上班都差点儿忘了，哪里有空回他信息。

"啊……"

没等我回他，他盯着我身后忽地脸色一变，看到沈小石了。

"小、小石也在啊。"高昂的语气瞬间变得干巴巴，甚至小心翼翼。

沈小石从我身边挤过，看也不看他，往沙发上一坐，拿出手机玩游戏。

魏狮目光追随他，见他并不搭理自己，眼神一点点暗淡下来。

"我想起还有事……先走了，陆枫，你记得看手机。"他讪笑着，停留不过两分钟，门把手还握在手里，又给原样退了出去。

我看了一眼沙发上面无表情、不为所动的沈小石，又看了看已经不见身影的大门方向，心里叹了口气，有些为这两人的将来发愁。

这事闹得，也不知道四个人还有没有再坐下来好好吃火锅的时候了。

火腿整只的卖不出去，我便叫沈小石在朋友圈论斤称重卖。四年的西班牙顶级火腿，不少人想尝个鲜，半斤、一斤地卖，反倒卖出了不少。

快下班时收到俱乐部周教练的信息，问我今天要不要去练练。

我问他师兄去不去。

周教练先是回了我一个问号，接着很快反应过来。

"哦哦哦，你说盛先生吧？今天你是第二个这么问我的了，他今天来的，哈哈。"

第一个不用问也知道该是我小师姐了。

西班牙火腿剩不少边角料，我和沈小石都不爱吃生的，便叫柳悦全都拿回去。柳悦用油纸包了五六包，高兴地说要回家煲汤，带肉的骨头则断成几截装满塑料袋，打算喂小区里的流浪猫。

我闻言诧异道："猫还吃这个？"

柳悦："我一般都是喂便宜猫粮的，这算加餐了，总比没得吃强吧。"

我记起拳馆门前上次见着两只半大不小的流浪猫，又脏又瘦，看着怪可怜的，就问她要了包火腿，打算这次再看到就喂一下。

与沈小石、柳悦道别，随便找了家面馆吃了碗面，之后揣着那包火腿，我打车到达拳馆。

我在门口"喵"了半天，不见小猫。我正觉沮丧，要收起火腿，突然被人从身后拍了拍肩。

"师弟！"郑米米笑嘻嘻地出现在我身后。

她看着我手里的东西，好奇道："你干吗呢？"

我将油纸包往她面前一递："吃吗？火腿。"

郑米米双眸一亮："哇，好香，是我熟悉的味道。这不是……的火腿吗？"她说了个异常绕口的西班牙语牌子，随后一点不客气地从我手里接过那包火腿，打开津津有味吃起来。

喂不成猫，喂个小师姐也行吧，没浪费就好。

我同郑米米一道进入拳馆，开始新一轮新手训练。要死要活拉着筋的时候，盛珉鸥来了，郑米米又开始在我耳边各种"彩虹屁"。

"我表姐夫怎么这么帅呢……"她一边按着我的肩膀一边道，"我姨夫的公司过一阵要举办一场慈善晚宴，表姐夫好像也会去，你说我毛遂自荐当他女伴，他会同意吗？"

我汗如雨下，忍受着筋骨寸断的剧痛逐字逐句道："有点……悬。"

郑米米一下松开我，失落道："我也觉得，他根本不理我。"

"找别人吧，别死吊在一棵树上。你这么漂亮，等你临幸的森林有大片大片呢。"我抹着汗逗她。

郑米米笑得花枝乱颤，过会儿突然严肃地敛起表情道："等等，师弟，你该不是看上我了吧？"

我差点儿没被自己口水呛到，连连摆手，撇清关系。

"虽然小师姐你年轻貌美且富有，但我真的没这意思。"

郑米米拍拍胸口："吓我一跳。"可能是觉得自己表现得太直接，她又紧接着补充，"也不是师弟你不好，主要是我心有所属。而且我喜欢成熟冷峻男神款，你这种阳光帅气小鲜肉不是我的菜啊。"

"明白明白。"

她将手伸给我，要拉我起来。

我握着刚站稳，就听拳台方向传来盛珉鸥的声音。

"你，过来。"他鬓角滴着汗，来到拳台边缘，冲我勾了勾手指，"给我举靶。"

方才周教练还给他举靶，一会儿工夫就不见了人影。

郑米米兴奋地推着我："快去啊，师兄叫你呢。"

我被她推着往前，爬上拳台，拿起地上那两只手把，穿戴好后冲盛珉鸥一笑："哥，我可是第一次干这个，你轻点啊。"

盛珉鸥什么也没说，调整着呼吸，长腿一扫，从侧面袭来。我慌忙一挡，被那力道差点儿扫得侧摔出去。

玩真的？

我再不敢懈怠，认真对待他每一次攻击。在经历了他各种刺拳、勾拳、扫腿后，我体力急速下降，汗水从发根滴落，渗进眼里。

我不得不闭上一只眼，而受限的视野让我行动更为迟缓，当盛珉鸥一脚踹在手靶正中时，我来不及调整重心，一下子往后摔去，直接被拳台护绳接住。

喘着粗气，我有些站不起来。

"今天就到这里吧。"盛珉鸥睨了一眼我狼狈的模样，大发慈悲留下一句话，解着手带下了拳台，往更衣室走去。

郑米米来到拳台下，不无担忧道："师弟，你没事吧？师兄今天好狠啊，你还是新手耶，竟然一点不手下留情。"

我脱去手靶，已经说不出话，只能冲她摆摆手，示意自己没事。

盛珉鸥走了，她也不再多留，很快同我告别离开。我在原地躺了会儿，感觉HP（指电子游戏中角色的生命值）稍稍回升了一些，便也往更衣室而去。

凑巧的是，我一进去就看到盛珉鸥已经洗好澡，正围着块浴巾在开柜门。

此情此景，何其眼熟。

他那块区域只他一个人，我悄悄绕到他身后。

"哥，你今天是不是心情不好？"

"你是不是忘了约法三章？别碰我，离我远一点。"他冷着脸转身推开我。

我撞在对面的储物柜上，发出一声不小的声响。

离我远一点。他每对我说一遍，便也是在警告自己，不要越线，不要靠近。可很显然，他有时候其实并不能完全遵守自己定的规矩。

他一遍遍地让我远离，是不是也下意识里认为自己可能会伤害我，所以要我和他保持距离，绝不越雷池半步？

他到底怀着怎样的心情布置了那间密室，又是怎样度过这十年的？

我心中尚存许多疑问，但如果直接问，他或许并不会老实告诉我。

"好，我不碰你，离你远远的。"

我突然觉得有些好笑，我似乎真的成了那名故事中的渔夫，为了引诱鸥鸟，绞尽脑汁，处心积虑。

"其实这几天我想了很多，你说得对。"我冲他笑笑。

盛珉鸥抿着唇，眉头逐渐蹙起，好似不明白我这跟他说这些是想干吗。

于是我长话短说，精简道："所以我放弃了。

"从今天开始，我们退回到法律上的兄弟关系，随便你爱咋咋样，你看如何？"

## | 第四十九章 |

盛珉鸥看着我，眉间褶皱展平，换作唇边一抹嗤笑。

"很好。"他说，"希望你言出必行。"

今时不同往日，我当然会言出必行。

"一定一定。"我冲他假笑连连，他懒得理睬我，转身继续换衣服。

"那就……说定了。"

等洗完澡再出来，盛珉鸥早已离去。

姚婧既不肯认罪，必定要经历一次次庭审，光律师费就是笔大数额。魏狮知道后，暗搓搓拿了十万元现金，用马甲袋包裹，再用一只平平无奇的购物袋装好，叫我到店外，硬是塞到我手里。

"别说是我给他的，不然他肯定不要。"魏狮做贼似的不住往屋里观望。

我搂紧了那一袋子钱，感觉自己从未有过地使命艰巨："干吗拿现金，你不会转账啊？"

"今天另一家店刚盘的账，我没存银行直接拿来了。"他脸色突然一变，飞快道，"交给你了，我走了啊。"说罢脚底抹油，他飞奔着跑远。

我一转身，店门被沈小石拉开，脸色同样不太好。

他看了一眼我怀里的袋子，问："什么东西？"

我做贼心虚，一下藏到身后："没什么，他给我带的……鞋。"

"鞋？"沈小石压根儿不信，手探到我身后将袋子抢夺过去，打开一看，愣了一会儿，"这么多钱？"

钱本没有什么不对，但我对他说了谎。在一件没有必要的事情上说谎，便足以说明这些钱和他有关。

他拿起一沓钱，沉着脸抬头问我："三……魏狮给我的？"

我不知道他们之间到底发生了什么，引得沈小石生这么大气，但可以肯定的是，他们还在冷战中，并没有很快和好的意思。

"他就是……想向你赔礼道歉。"我摇头不是，点头也不是，尴尬得都不敢看他。

"道歉？用钱？"他简直咬牙切齿，"他以为我是什么人？"

我吃了一惊，瞬间觉得自己的伶牙俐齿在他这边遭遇了前所未有的滑铁卢，赶忙改口风道："不是不是，我说错了，是我传达有误！这是……他借你的，作为朋友对你的一点小小帮助。"

沈小石用力将钱掷回去，并不领情。

"谁稀罕。"

他狠狠念了一句，拎着那袋钱转身追魏狮而去，似乎是要当面把钱还给对方。

望着他逐渐远离的背影，我止不住地摇头叹息。

以后"清湾 F4"的命运，可真是不好说啊。

沈小石去了足足一个小时才回，我看他两手空空，情绪不佳，猜钱应该是还了，只是在还的过程两人言语来往间或许不是那么开心。

"枫哥，你放心，该给盛律师的钱，我一分都不会少。"沈小石一脸正色道，"我就是卖血卖肾也会把钱凑出来。"

我听他这么一说头都要痛了，连连摆手："不至于不至于。"

下午沈小石请了假，说盛珉鸥要他过去商讨接下去的庭审策略。作为朋友，也作为一名"渔夫"，我表示想要和他一同前往。

兴旺典当只剩柳悦一个人，无法正常营业，只好提前关店。

到了锦上律所，前台将我们引到会议室，一进门，我便见里面坐了不只盛珉鸥与吴伊，还有另三名律师。

沈小石与他们坐会议桌，我同以前一样，找了张椅子在角落坐下，静静旁观。

"沈先生，我们准备请清湾市精神卫生中心的徐蔚波医生为您的母亲姚婧女士做一次心理评估。"吴伊将一份表格递给沈小石，"如果结果显示她精神情绪不稳定，或者极度抑郁，我们可以利用这些作为新的辩护出发点。"

沈小石扫过那份表格，很快在右下角签了字。

"另外我们想借助媒体。"一名女律师道，"家暴是个很好的话题，会引来相当大的关注。"

"媒体？"沈小石不解道，"为什么要这么做？"

"其实……"

"因为能够双赢。"女律师还在思索怎么跟沈小石解释，盛珉鸥便接过她的话头。

他身体前倾，十指交叉相握，摆在桌面上，直视沈小石道："通过公众的关注，可以更好更快地推动庭审进程，我们的律所也能免费打个广告，博一个好名声。何乐而不为？"

沈小石显得有些犹豫，毕竟媒体介入，就意味着这案件要被摆到公众眼皮子底下供人评头论足。就算匿名打码，也难保不对将来的生活产生影响。

我旁听过许多次他们的会议，也算懂点门道，小声提醒沈小石道："小石，舆论风向或许也会是很大的影响因素。"

我感到盛珉鸥看了过来，便也矜持地与他对视，冲他点了点头。

不管心里是怎么想的，外表看起来，我的目光的确已经不再追随他。

"既然是双赢，那把律师费免了吧？"我开始替沈小石讲起价来，"这么大的广告带来的效益，可不只这么点律师费。总的算起来，还是你们赚了。"

吴伊闻言好笑道："话不能这么说……"

"可以。"盛珉鸥打断他，爽快地应允下来。

吴伊一下子闭嘴，半晌朝我拱了拱手道："您说得对！"

沈小石一听能免律师费，表情霎时明朗起来，与我交换了个眼神，脸上显出喜色。

沈小石道："好，就按你们说的办。"

他们继续开会，我则退回到壁花状态。

忽地手机一振，收到条好友请求，我一看，是郑米米。

我很快通过了请求，郑米米那边还在线上，立时发来一句："师弟，你上次请我吃火腿，我这次请你吃大餐啊。"

请我吃大餐？

我一点点皱起眉头，莫名其妙道："倒也不必特地回请。"

郑米米过了一会儿发来张双目含泪的表情包，终于说了实话。

"也不是特地要请你啦，你记不记得上次我跟你说的慈善晚宴？就在下个月。我本来想让我表姐夫当我男伴的，但被他无情拒绝了。我又怕随便邀请一个身边的男生他会多想，就很烦，但邀请你就不会啦。"

原来是这么回事，请我吃饭是假，要我帮忙才是真。

"没男伴其实也没什么吧……"

"不行！我已经和我表姐说了要带个超帅的男生参加晚宴，海口都夸下了，你是要让我被我那个不学无术、挥霍成性、还超级讨人厌的表姐笑话吗？"

过了一会儿，可能看我久不回复，觉得打动我很难，她发起了绝招——语音撒娇。

"求求你了嘛师弟，你知道的，你在我心目中是最帅的男孩子。除了你，我实在想不出还有谁配做我的男伴。你是那么特别，那么璀璨，那么与众不同，芸芸众生你我既然相遇，就是有缘，这点忙你都不肯帮我吗？"

因为在开会，我将这条转成了文字，看完后刚要打字拒绝，耳边响起盛珉鸥冷静沉稳的发言，灵光一闪，我突然又改了主意。

将手机音量调到最大，我点开郑米米的那条语音短信。

"求求你嘛师弟……"

瞬间，会议室突兀地响起一道甜美轻柔的女声，听得众人皆是一愣，停下动作一致看向我。

这里面，盛珉鸥的视线格外冰冷，似乎非常不满我打断了他的会议。

哎哟，国王生气了。

"抱歉抱歉！"我连忙起身，不好意思地捂着手机往外走，做出一副讲电话误按扬声器的模样，柔声道，"你等等，我到外面说话。"

路过沈小石身后，我轻轻拍了拍他的肩膀，一指门外，示意自己去外面接电话。

沈小石也是被刚刚那道肉麻的声音给镇住了，半天才反应过来冲我点了点头。

一路装模作样举着手机拐进安全通道，确定没人我才放下手，可谓过足了戏瘾。

坐到台阶上，点开聊天框，在郑米米的语音信息后，我回了她个简单的"OK"手势。

郑米米欢天喜地，一个劲儿谢谢我。

"不，谢谢你。"我笑着退出聊天软件。

## | 第五十章 |

媒体介入后，沈小石母亲的案件便得到了全方位的关注。

常年遭受家庭暴力，一朝将夫杀害，到底是正当防卫，还是预谋已久？

悬疑、揪心，还很让人生气，网上讨论度一直居高不下。

锦上律所的律师们精心挑选了两家媒体对沈小石进行采访，要他叙述从小看到的、经历的，关于他母亲的故事。

两家媒体一家线上一家线下，稿件刊载后，我买了份报纸细看，不得不说专业的就是不一样。条理清晰，重点突出，该煽情的煽情，该简略的简略，绝不在无用的地方多着墨，也不会放过任何一个重要信息。

采访稿通篇读下来，一名饱受煎熬，长期遭受丈夫打骂，恐惧无助的女性跃然纸上。

"关于此类案件，笔者曾经也关注过不少，发现一旦案件被曝光，女性受害者往往会遭到许多偏移重点的'指责'。指责她们没有早点离开施暴者，指责她们性格懦弱，才会让暴力一直持续。

"此类案件受害者不乏事业成功、高学历、身世佳的女性。她们待人亲和，能力出众，性格各有千秋，绝不雷同。那为何她们也遭受暴力？因为她们懦弱，她们为爱所困？不，她们遭受暴力，从头至尾只有一个原因——因为她们的丈夫对她们实施了暴力。

"真正的重点在施暴者，也只应该给到施暴者。这个世界不该苛责到连受害者都要求完美无缺，这样毫无意义。"

好一个"毫无意义"，我忍不住记下书写这篇报道的记者——柯雪子。

这要不是纸媒无处点赞，我真想给对方来个"转发、评论、点赞、关注"套餐。

再开庭，旁听席较上次多了不少人。

盛珉鸥让姚婧细数身上各处伤疤的由来，让她袒露自己的恐惧，让她告诉大众，自己如何艰难才能存活至今。

"我也想过逃离他，可他说如果我敢离婚，就要杀了我和我的孩子。"她捂着脸痛哭，"我死就死吧，早就不想活了。可我的孩子怎么办？我已经亏欠他们一个美好的童年、一个正常的家庭，难道还要让他们为了我提心吊胆过日子吗？"

"案发那天发生了什么？"面对委托人的眼泪，盛珉鸥并未停下提问，他冷静到甚至让人觉得冰冷。

姚婧哭声稍缓，声音带上一丝颤抖："那天他喝醉了，又想跟我动手。我没有办法，我真的没有办法……我被他打怕了，上次被他打到尿血还没完全好，再被他打一定会死，我知道这次一定会死。我就去厨房拿了斧子防身，我说你不要过来，我就想吓吓他，可他完全不怕，他朝我扑过来……然后我就砍了他两下，不知道砍了哪里，他捂着脖子就倒下了，地上全是血，全是血……"

检察官似乎也被姚婧的遭遇震撼，表情肃穆，花了很长时间才问出一个问题。

"唐先生扑向你时，你也没有办法确定他到底是想打你还是抢夺你的斧子是吗？"

姚婧红肿着眼抬起头，脸上犹带泪痕："不，我可以确定。"

检察官一愣，就见姚婧苦笑道："他扑向我，从来只有殴打这一件事。我看他的眼神就能知道他是不是又想打我。"

我去看盛珉鸥，发现他眼里一抹笑意浮现，似乎十分满意控方的这一提问。

庭审结束后，媒体拦堵着双方家属希望进行采访，沈小石由盛珉鸥和吴伊挡着，匆匆往法院外走去。

我跟在他们身后，被人群挤到外围。

突然我余光瞥到一道人影极快地靠近，手上还拿着什么东西作投掷状。

我心头一紧，忙喊道："当心！"

话音未落，唐志鹏的倒霉弟弟已经用力把手上的鸡蛋丢出去，穿过人群，砸中盛珉鸥的额角。霎时蛋壳碎裂开来，黏稠的蛋液顺着脸颊滑落，沾满盛珉鸥的脖颈，弄脏了他的西装。

在倒霉弟弟又想砸第二枚鸡蛋时，我一下将他从侧后方扑倒，反扣起他的手，让他再无法动弹。

"救命啊！杀人啦！"他叫得跟杀猪似的，"杀人犯仗势欺人啊！你们本事大，能请大律师打官司，还串通媒体颠倒黑白，我们家没本事，只能吃哑巴亏。这世间还有没有公道了？杀人偿命天经地义，我们小老百姓只认这个理，姚婧必须血债血偿！"

他不知道，他现在说得越多只会惹人越反感。

记者们的镜头对准了他，将他如今丑态尽数照下，等会儿配上文字发到网上，便又是一则引人探讨的新闻。

此刻尚在法院地界，任何言语行为上的暴力都是不允许的，倒霉弟弟很快被赶来的法警带走。唐家人哭天喊地跟去，一部分媒体也跟着去，剩下的则继续将话筒对准沈小石与盛珉鸥，期望从他们嘴里挖出对方才事件的看法。

盛珉鸥只是从吴伊手中接过手帕擦拭身上的蛋液，脸上并未见任何恼怒，沈小石倒是咬着唇一副不吐不快的模样，但最终还是忍下来，到了车上才开始发飙。

"那个唐志程什么玩意儿啊！我没打爆他的狗头他就谢天谢地吧，还敢丢我们鸡蛋？一家子垃圾，气死小爷了！！"沈小石将关节按得直响，胸口剧烈起伏着，显然气得不轻。

我看他脖子上也有被溅到一点蛋液，抽了车上纸巾给他："消消气沈小爷，为了那种人不值得动肝火。擦擦脖子。"

沈小石一把夺过纸巾，大力擦着自己的脖颈，还在生气："要不是你先按住了他，我真的要忍不住冲过去打他了。"他动作一顿，想到什么般扑到前方座椅上问，"对了，盛律师，你没事吧？"

盛珉鸥已经将自己外套脱去揉成一团到座椅下方，看起来似乎不想再要它，沈小石问他时，他只是很平静地回答："没事。"他仿佛并没有将这件事放在心上。

可几天后，就有媒体曝出唐志程被指控"人身伤害"，将面临高额赔偿，唐家再次陷入一桩难缠官司。由这点来看，盛珉鸥也并非真的那么"没事"。他总是很擅长伪装，表面越是平静，说不定背后的怒意越是恐怖。不过这都是后话了。

从法院回到律所，沈小石因为要和他们开后续的讨论会，我就没再等他，决定自己先走。走前借他们厕所一用，没多久盛珉鸥也进来了。

我只当没看到他，自管自放水。其间他一直在洗手台前，也没有和我对话的意愿。

等我尿完了去洗手，才发现他将领带取下，领口敞开，正在用沾湿的手帕清理渗进衣服里的蛋液。他的头发湿漉漉的，被他尽数抄到脑后，只余一两缕不老实的垂落眼前，脸上也有未干透的水珠顺着下颌滴落，湿了大片的衬衫领口。

我老实洗着手，随后去烘干。

盛珉鸥在我烘手时离开了洗手间，从头到尾我们没有进行任何交流，等我烘干手发现洗手台一侧有块眼熟的银色腕表，拿着便追了出去。

"哥，你表忘了！"

盛珉鸥闻声停下，看了一眼自己手腕，好像到这会儿才想起来有块表存在。

他转过身，将手掌摊平递向我，淡淡道："谢谢。"

我捏着金属表带，小心将表放到他掌心，同时注意自己不与他有任何肢体接触。

"不客气。"

盛珉鸥看着那表，驻足重新替自己戴上。

我擦着他离去，脚步没有丝毫留恋。

这半个月来，我和他基本没有什么直接交流，有也是因为沈小石，因为姚婧的案子。我忍得实在很辛苦，要是他再没什么表示，这招以守为攻、以退为进就要宣告失败，我只能另想法子，逼他现原形。


小师姐说了，晚宴大人物云集，我不能给她丢脸，她让我去买套贵一点好看一点的正装，钱由她来出。

有这样的金主埋单，我自然不会手软，从头到尾装备买齐，还在店里选了块刚收的名牌手表，绝对给郑米米挣足面子。

到了晚宴那天，柳悦和沈小石见我快下班了换上一身黑色西服，脖颈还系了领结，都快把下巴惊掉。

"什么情况啊，枫哥……"柳悦捂着唇惊呼，"你今天怎么穿这么帅，要去相亲啊？"

我抚了抚刚用发胶抓出来的发型，笑道："没有没有，只是去参加一场宴会而已。"

沈小石围着我打转，问道："枫哥，我上次就想问了，你是不是……有女朋友了？"

我一只手插在裤袋里，松了松领结道："真不是女朋友，就是帮朋友个忙，给她撑撑场面。"

说话间，门外响起汽车喇叭声，我冲两人打了招呼，提前十分钟下了班。

郑米米今天算是坐实了自己富二代的身份，开着辆一看牌子就很"壕"的商务车来接我，还配了专职司机，开关门都不用自己动手。

我坐进车里，不小心看到典当门口沈小石与柳悦皆无比震惊地看着我这边，我别开眼只当没看见。

"师弟，你在典当工作啊，这个职业好特别。"郑米米顺着我视线看过去。

"混口饭吃罢了，什么工作都一样。"我冲她笑了笑，问她等会儿还有什么要注意的没。

她摸摸下巴道："要不你帮我刺激刺激我表姐夫吧，看他能不能被刺激得醋意大发，从而发现内心深处对我隐藏的爱意。"

我看着她，郑米米被我看得有些毛："怎么啦？"

"没什么，其实我也正有此意。"我说，"沉疴需重药，对付心思深的人，就要不择手段。"

郑米米被我说得一愣一愣的，但也非常同意我的理论，不住点头道："没错，就……就是这样的！"

我们到了宴会现场，不得不感叹果然是大公司办的慈善晚宴，财大气粗包下整座金碧辉煌的会议中心不说，还在门口铺了条长达五十米的红毯。走在上面仿佛化身参加电影节的影帝影后，不自觉就昂首挺胸起来，露出自己最得体的微笑。

一进宴会厅，不少人将目光投射过来。

我当然不会觉得他们是在看我。郑米米今天梳了条干净的长马尾，穿着件挂脖的银色流苏晚礼裙，走路时身后长长的鱼尾拖摆跟随摇曳，像条活色生香的银色美人鱼，招了不少人目光投注。

"他们都在看我呢。我今天一定美得跟仙女一样。"郑米米用只有我们俩才能听到的音量道。

"是的，你就是今晚最闪亮的那位仙女。"我附和她。

郑米米笑得越发开心，突然挽着我的手一紧，将我往特定的方向拉扯。

"发现目标，你准备一下。"

我还没反应过来准备什么，她又停下，用比往常更甜美娇哆的声音道："师兄，你来得好早呀。"

盛珉鸥手里举着香槟，正在和别人讲话，听到她的声音蹙眉看过来，却一下子看到了我。

虽然他看起来很平静，但老实说这种时候"平静"反而是种奇怪的表现，正常人多少会惊讶一番，更何况他的视线在我身上停留了足有两秒才错开移向郑米米，说明他内心其实并不如表面看上去那样无动于衷。

哎，瞧瞧我都被逼成什么样子了，要是有机会我一定要出一本书，就叫作《教你怎样解读兄长的表情———百条有用小知识》。

"我也只是刚到。"他说着，向我们介绍方才与他交谈的女子，"这位是《清湾都市报》的主编柯雪子女士。"

"啊！"郑米米还没有什么表示，我便激动地上前握住了柯女士的手，"久仰大名、久仰大名，您的那篇《罪恶之手》写得实在太好了。"

我之前特地记了那篇报道的作者名字，没想到今天就见到了真人，这个倒不是演的，的确有那么点惊喜的成分在。

柯雪子看得出已经不再年轻，但保养非常好，只在大笑时眼角才会浮现一点细纹。

她性格爽朗，见我能准确说出文章名称，便对我格外热情，跟我说了许多。

如果郑米米和盛珉鸥也能插上嘴，倒也四个人相谈甚欢，偏偏他们俩只是围观，全程静悄悄的，就显得有些尴尬。

而我大多数时候其实也不怎么能接上柯雪子的话，一直"嗯""是""对"地这么交流着，着实让人心累。

谁能想到这位主编还是个话痨？

"米米，你不是要带我去见你表姐吗？"我实在受不了这一个人的表演，逮着柯雪子换话题的空当，忙给郑米米使眼色。

郑米米听到我对她的称呼也是一愣，但很快反应过来："哦，对对对，我刚好像看到我表姐了，我们过去吧。"她朝两人颔首，"那我们先失陪了。"

我冲似乎还没尽兴的柯女士点点头，走时又轻轻拍了拍盛珉鸥的肩膀道："待会儿见。"

盛珉鸥视线在我手上划过，留下一道冰冷的触感，随后仰头一口喝尽杯子里的香槟，并无任何言语。

"我感觉我表姐夫生气了。"郑米米走出一段了，对我小声道。

"你从哪儿看出来的？"我从路过的服务生托盘里拿了两杯香槟，一杯给她，另一杯给自己。

郑米米接过了，故作神秘地伸出一根食指，在我眼前晃了晃道："你不懂，这是女人的直觉。"

我莞尔，还以为她有什么神技。

"那就祝小师姐你的直觉应验吧。"说罢我与她碰了碰杯。

## | 第五十一章 |

"这不是米米吗？"

我刚将酒杯递到唇边，就听身后响起一道似曾相识的高昂女声。

来人穿一件火红裹身裙，好身材展露无遗，红唇雪肤大鬈发，气质高冷明艳，一来便将郑米米这条小美人鱼衬得黯然失色。

"这不是表姐吗？"郑米米努力挺直了腰，输人不输架势。

萧沫雨举着红酒杯，挑剔地打量着自己的表妹，扫了一眼她平坦的胸部，不屑一顾道："听说你在练拳啊？你有空多练练……"突然她瞥到我，整个人霎时僵硬在那里，不可思议地盯着我，"怎么是你！"

她记性还挺好，过去这么久竟然还记得我。

"好久不见，萧小姐最近还好吗？"我冲她举了举杯，努力回忆了一下那个男人的花名，"那个……萨沙还好吗？"

萧沫雨面色一变，瞬间被我问蒙。

"萨沙是谁？"郑米米好奇道，"你们之前认识？"

萧沫雨强装镇定，暗暗瞪我一眼，道："以前有过一面之缘，没想到在这里也能遇上。你们……情侣？"

郑米米一下子挽住我的手，女人间的较量至此开始。

"是啊，我们是在拳馆认识的，他是我师弟，我是他师姐。表姐，你看，我们是不是很登对？"郑米米紧紧贴着我，说罢冲萧沫雨露出夸张的假笑。

萧沫雨对我有些忌惮，不是很情愿地点了点头，没什么诚意道："嗯……挺登对的。"

"表姐，你也赶快找个男朋友吧，虽说再也找不到像前表姐夫那么优秀的，但找个比他差的，那不满大街都是吗？"

这话意思是盛珉鸥之后萧沫雨找谁都一样差？

郑米米这丫头看不出来啊，果然是大家族浸染透彻的，说话的艺术没有一百分也能拿个九十九分了。

"盛珉鸥有什么……"萧沫雨显然气得够呛，但介于我在场，不能充分发挥自己的实力，只能拢着自己长发，故作矜持道，"你不知道我最近在和骷髅乐队的主唱SKY约会吗？"

"什么？SKY！"郑米米似乎是这个乐队的歌迷，之前还跟我推荐过他们的歌。她大受打击，捂着胸口控制不住地向后倒退一步，差点儿被自己裙摆绊住，还好被我牢牢扶稳。

她深吸一口气，指甲都要抠破我的衣服，但仍是武装起笑脸，重新迎战。

"哦，就是那个卸了妆没眉毛的男人？"

这次换萧沫雨气个倒仰："你！"

唇枪舌剑，你来我往，精彩纷呈。两个女人的战争我实在不便参与，便借故要去洗手间，脚底抹油开溜。

反正我不过是一个充门面的花瓶，有没有我她们也不在乎。

会场冷气开得很足，穿着西装我都觉得有些冷，真不知那些穿晚礼裙的美女是怎么忍耐下来的。

端着香槟到室外，露台上亮着昏黄的灯，底下就是黑黝黝的绿化带。会议中心虽说名气响，但因年代久远，很多地方基础设施跟不上，比如洗手间冷热水分离的水龙头，再比如室外昏暗的光线。又因为是历史保护建筑，有钱也不能随意装修改变外貌。

倒是很适合低声耳语……

我将一口没动的香槟杯放到砖砌的护栏上，在身上摸索一番，掏出内侧袋的烟和打火机。

正要点燃，通往室内的大门被推开，霎时里头的热闹喧杂倾泻而出，须臾又消失无踪。

我站在暗处，盛珉鸥并没有第一时间就发现我。

他直直走到露台边缘，双手撑在护栏上，俯视着眼前那片黑暗，定格良久，也不知他是喝多了来吹风，还是单纯想要避开人群透透气。

我注视着他的背影，欣赏够了，"啪"地点燃了打火机。

这点细微的声音足以打破寂静让盛珉鸥发现我的存在。他肩背的肌肉猛地一绷，缓缓抬起头，似乎在分辨声音的方向。

接着他面色不善地看过来，准确找到了我的位置。当发现是我时，他不受控制地舒展了眉间的褶皱，流露出一点难得的诧异。

我夹着烟，冲他比画了一下："要来一根吗？"

要是以前，他肯定转身就走了。但今天他没怎么犹豫就朝我走过来。

"出来吹风？"我问。

盛珉鸥直起身，靠到护栏上道："讨厌应酬。"

我点点头，没再搭话。两个人陷入诡异的静默。

我低头掏出手机，又演了一回："啊，米米在找我，我先进去了……"

我刚要走，手腕却被人从后头一把攥住，力道大得仿佛要捏碎我的腕骨。

我痛得一激灵，反射性挣扎着要甩开对方的手，而这时，那扇隔绝浮华与寂静的大门再次被人推开，一名瘦高的男人讲着电话走了出来。

"我说过了这件事不能让人知道，我不管你用什么方法，给我压下去……"

听到来人的声音，盛珉鸥一下子松开对我的钳制。

我暗骂一声，揉着手回身，带着一丝惊惶道："哥，怎么了？"

讲电话的男人一下噤声，盛珉鸥看了那边一眼，道："没什么，你可以走了。"

我忐忑地又站了一会儿，见他不再理我，终是转身走了。我经过那个打电话的男人时，对方已经收起手机，一脸探究地打量我。男人有一双细长的眼睛，嘴唇很薄，瞧着有些精明寡情，勉强可以赞一句——一表人才。

我冲他颔首，露出一抹充满温柔善意的笑。


回到宴会厅，郑米米已与萧沫雨对完一局，正在找我。

"有没有看到我表姐夫？"她举着一盘吃食，边吃边问我。

"没有。"我从她托盘里挑了块寿司塞进嘴里，眼一眨也不眨道。

这时，宴会厅里小小骚动起来，随着一名中年男性走进宴会厅，不时便有人上去与他打招呼攀交情，一时整个会场的人都举着酒杯朝他围拢过去。

"那是我姨父，美腾制药董事长萧随光。"郑米米在我耳边道。

萧随光怎么也该五十多岁了，但可能身材管理得好，看着就跟四十岁出头一样，一点都不见老。身材笔挺，走路带风。只是远远观望，便能感觉得到他身上经年累月的威压与气魄。

见了他，才知道为什么人人都说萧沫雨实在不像样。虎父生出了个狗崽子，也怪不得对方要找盛珉鸥入赘。

他们俩从气质上来看，还真有那么点相似之处。

萧随光客气地与来宾碰杯，不时交谈两句。忽然，我看到刚才在露台上才见过的那个细眼男人出现在他身旁，被他颇为熟稔地揽在身侧，介绍给各位宾客。

"那是谁？"我问。

"哦，他啊。"郑米米语气一下变得无比嫌弃，甚至比对着萧沫雨时都要不屑，"他是我姨父的侄子，也姓萧，叫萧蒙，是他新定的接班人。人很虚伪，我不喜欢。"

看来萧沫雨实在不堪大用，萧随光已彻底放弃了她，转而在子侄中寻找继承人培养。

"这话我也就和你说说。我姨父当初相当看重表姐夫，用心培养他十年，是真的想让他做自己的接班人。可以说我表姐也不过是为了促成这一切的一个工具而已，可惜……到最后也没成。表姐夫不为名利所动，并不稀罕美腾的资产。"郑米米叹一口气道，"可能就像我姨父说的，盛珉鸥为美腾付出的一切，都是他用钱买来的，没有那十年卖身契，美腾便绝对留不住对方。十年期满，他也就再没有顾忌，可以放手去做自己想做的事了。"

我听得一愣，不明所以道："十年卖身契？"

我之前就感觉奇怪，盛珉鸥这样的人为何会十年来都服务于一家制药企业，就算是做到他们首席法律顾问的位置，如此隐于辉煌背后默默付出，也实在不是他的脾性。

我想过是不是因为感念萧随光资助过他，他要报恩。可如今听郑米米的意思，竟然另有隐情。

"我也就无意中听我爸妈说起过一嘴，好像是表姐夫大学的时候家里出了点事，要好大一笔钱，他单枪匹马就找到我姨父公司，等了整整一天才等到与我姨父会面的机会。我姨父就很奇怪一个大学生找他干什么，还以为是要谢谢他资助，结果人家跟他说……"郑米米清了清喉咙，压低声音道，"你给我两百万元，我卖给你公司十年。"

我惊疑地重复："两百万元？"

"具体不知道两个人是怎么谈的，但我姨父最后竟然同意了，用两百万元换他十年效力。所幸他也没让我姨父失望，还在实习期就发现了一份合同的漏洞，直接为美腾省了五百万元。此后，我姨父就很重视他……"

两百万元……十年前？

十年前家里能出的事，除了我的事还有谁的事？一个月前听到郑米米这些话，我或许不会将一切都往身上揽。但在看过那个上锁的房间后，在知道盛珉鸥对我并非真的漠不关心后，我怎么还能告诉自己这钱兴许不是为我要的？

可是怎么会是两百万元，怎么能够有两百万元？

当年我妈告诉我，给齐家的赔偿金只有五十万元，是她自己的存款加卖房款凑的，可真的是这样吗？甚至……真的只有五十万元吗？

当初她的语焉不详，她的遮遮掩掩，如今看来，都是破绽，全是漏洞。

因为她觉得是盛珉鸥欠我的，所以死都不愿意告诉我真相吗？

我感到一阵眩晕，我在高墙内十年不得自由，他在高墙外，原来同样被束住了双翼，哪里也不能去。

## | 第五十二章 |

"师弟，你没事吧？"郑米米盯着我的脸，"你是不是不太舒服？"

听完她的一席话后，我的确不太舒服，心里不舒服。我恨不得立时奔向盛珉鸥，跟他把话说清楚。

但我又知道，如果我现在去与他对质，他必定是什么也不承认的，说不定还要反过来骂我想太多。

"没事。"我对郑米米笑笑，"冷气吹得我有点头痛，我到外面去待会儿就好。"

就算他死鸭子嘴硬什么也不认，我也顾不了这么多了。功亏一篑就功亏一篑，反正我脸皮厚，他不迁就我，我就去迁就他。

我正要去露台找盛珉鸥，突然被人挡住去路，一名秘书样的年轻女人出现在我面前，说萧随光要见我和郑米米。

我看向郑米米，她也蹙着眉一脸惊讶。

毕竟是长辈，也算是我半个恩人，我冲对方点点头，让她带路。

"我姨父怎么会要见你？"郑米米挽住我胳膊，轻声与我耳语，忽然远远看到前方萧随光身旁的萧沫雨，豁然开朗，"哦，我知道了，一定是我表姐和他说了什么。太阴险了，我都没告状她又玩小明星，她竟然在姨父面前先编排起我来了。"

萧随光要见我，也不是什么大事。郑米米父母皆在国外，她只身回国，交了个名字都没听过的"男朋友"，作为长辈，要见我是情理之中的事。

"你就是米米的男朋友吧。"萧随光脸上挂着慈祥和蔼的笑，伸手与我相握，"长得很帅气啊，米米真是长大了，眼光不错。"

"您好萧先生，久仰大名。"我和萧随光握了手，转头便看到萧蒙也对我伸出了手。

"我是萧蒙，算是米米的哥哥，以后有什么事尽管找我。"说着他从兜里掏出来一张精致的烫金名片递过来。

我双手接过了，不好意思道："今天这身衣服新买的，我没带名片……"

"没事没事，下回给也是一样的。"

我当然不会以为他是真的想要我的名片，什么有事尽管找他，也不过是对方的客气话罢了。这世上有事能尽管找的，除了我哥不作他想。

说到底，别人家的哥哥哪有自己家的哥哥好。

"听说你们是在拳馆认识的？"萧随光问。

我和郑米米本就是彻头彻尾一场谎言，骗骗萧沫雨那个愣头青还好说，到萧随光这儿就有点编不下去。他的目光太深邃老辣，似乎一眼就能看穿我所有的伪装。

"嗯……是。"

"今年多大了？"

"二十七岁了。"

"倒是不小了。"

"是，是不小了。"

我也是第一次遭受这样的长辈式盘问，背上汗都要被问出来，就怕对方紧跟着问我一句大学哪儿上的，我一个嘴快老实答了。

所幸郑米米看出我窘迫，上前挽住萧随光一边胳膊，撒着娇道："好啦姨父，您这是调查户口呢？我们才交往没多久，您别给他那么大压力。"

萧随光笑道："看来是真的大了，胳膊肘知道往外拐了。"

郑米米脸颊一红，娇嗔道："姨父，表姐也找男朋友了，还是个大明星呢，您下次也让她带给您看看呗。"

皮球一脚踢到萧沫雨面门上。

萧随光立时看向自己女儿："哦？又换了？"

一个"又"字用得相当精辟，给旁人留下诸多遐想空间。

萧沫雨忙低头喝了一口手里的葡萄酒，用以掩饰自己的心虚。

萧随光从鼻腔底部冷冷哼了一声，有一瞬间整个脸上一点笑意也没有，显然是极不认同女儿行径的。

但很快，对上我时，他又变作慈祥的长辈模样。

"对了，小盛也喜欢打拳，这个他能和你们聊。"萧随光与先前那名女秘书偏头交代两句，对方郑重点了点头，领命而去。

"小盛"是谁，我就是不用脑子想，光看萧沫雨和萧蒙陡然沉下来的面色就知道了。

萧沫雨显然不想跟盛珉鸥碰上，借口去洗手间，溜得飞快。

萧蒙倒还不至于表现得那么明显，虚情假意了一番，说自己也很久不见盛珉鸥，十分想念，云云。分明方才在露台上两人不可能不打照面，这儿装得跟真的一样。

"陆先生，你这表很有意思啊。"萧随光看到我的手表，显出浓厚兴趣。

我一愣，将衣袖拉高，手腕上是一块玫瑰金的机械表，配的皮手带，要说有意思，也只有一点有意思。

"咦？"郑米米惊讶道，"这表没指针啊，怎么看时间？"

我给她解释："这是三问表，看时间不看指针，用听的。"说罢我一拨表侧的拨柄，不一会儿，表芯发出三种不同节奏的声音，每种声音都清脆悦耳，犹如鸟啼，"现在是八点十八分。"

郑米米探头去看萧随光手腕上的时间，一看果真是八点十八分，大呼神奇。

这其实也没有什么神奇的，三种声音，第一种一响代表一小时，第二种一响代表一刻钟，第三种一响代表一分钟，想知道时间，三者相加，心算够格就行。

"看来陆先生对表很有研究。"萧随光突然热情起来，"我对表也有些喜爱，家里收了不少，有机会，陆先生可到我家来看看。"

萧蒙道："我叔叔可是个表痴，家里一屋子的名表，还专门定做了金库门防盗。"

我忙摆手："我就是工作需要，不敢说有研究。萧先生这样的才是行家，我充其量就是为生活所迫。"

萧随光哈哈大笑，和我们聊起他的收藏来，倒是比一开始盘问我时氛围轻松自在许多。

盛珉鸥到来时，萧随光正说到他最喜欢的一块表。

"那真是一块好表啊，有机会一定要给你们看看。"他见盛珉鸥来了，忙将他招到身边，"小盛，来来来，给你介绍个朋友。这是米米的男朋友，陆枫。"

盛珉鸥露出微笑，冲我伸出手："恭喜。"

他的手有些冷，我的手心有些湿，握在一起的感觉并不怎么好。

不知道为什么，盛珉鸥只是普普通通看着我，目光也不冷冽，我却觉得他眼风如利刃，割着我的皮肉。

"姨父，我们是一家俱乐部的，表……盛先生还是我们师兄呢。"郑米米解释道。

"那真是巧了。"萧随光笑道，"本来嘛，年轻人就该多一起玩玩，交流交流。小盛，你就是把工作看得太重，要懂得适时休息，知道吗？不然身体到了我这个岁数要吃不消的。"

盛珉鸥少有地完全没有对一个"愚蠢凡人"的话不耐烦，他似乎真的认真听进去，闻言轻轻颔首道："我知道了。"

众人东拉西扯聊了几句，萧蒙突然说到盛珉鸥的锦上律所与美腾的相关合作，涉及商业机密，萧随光便叫我和郑米米自己去玩了。

之后的宴会，他们三人一直在聊天，一副相谈甚欢的模样。萧随光还带着盛珉鸥和萧蒙跟不少人碰了杯，像足了过年时带着孩子到处敬酒的家长。

我也想和盛珉鸥独处，奈何始终没机会。经历了慈善竞拍环节、全场共舞环节，到了快十点，陆陆续续有人离场，郑米米打着哈欠也准备走了。

我看了一眼还在和萧随光说话的盛珉鸥，让郑米米先走。

"我还没吃够呢，你先回去吧。"

郑米米满脸古怪地打量我："还吃？这顿是不要钱，但你也不用一下子把自己吃爆吧？"

"吃自助餐的最高境界你不知道吗？扶墙进扶墙出。你快走吧，我等会儿自己叫车回家。"

郑米米耸耸肩，不再坚持，一个人走了。

我又等了片刻，见盛珉鸥与萧随光握手相拥，终于有要走的意思，这才快步跟上。

会议中心大门外长长阶梯上，我从后面追上盛珉鸥："哥，好巧啊，你还没走呢？你是不是晚上喝酒了，要不要我送你？"

盛珉鸥晚上喝了不少，走在台阶上身形都有些不稳。他听到我的声音一下站住，迟缓地回头看过来："你没喝？"

我嘿嘿笑着过去架住他："没有。"

听了郑米米那席话，我便打定主意要有这一出，自然不会沾酒。

"哦。"他从口袋里摸出车钥匙，用食指钩着送到我面前，"那就麻烦你了。"

我还以为我俩要僵持一会儿，没想到他今天这么好说话。


盛珉鸥一上车便开了道窗缝透气，之后将椅背放低，闭上双眼，不再说话。

我看了他一眼，把空调风量调小，一路无话，将他送回公寓楼下。

到要送他进家门时，我犯了难。

"你先站一会儿……"

在车上休息了一会儿，盛珉鸥体内酒精似乎完全渗透进血液，他醉得比之前更厉害了。行走间他身体整个重量几乎都要压在我身上，让我举步维艰，我跟驮了座大山一样负重前行，偏偏他还怎么叫都叫不醒。

从电梯出来，我用他的手去按指纹锁，几次都显示不正确，实在是没办法，我只能输入密码开锁。

跌跌撞撞将他扶进卧室，连灯都来不及开，我一下瘫软倒在地上急促喘息，累得够呛。

窗帘大开着，室外自然光照射进来，盛珉鸥无知无觉躺在床垫上，眉眼安逸平静，除了呼吸有些重，哪里都不像醉鬼。

唉，他这个样子，也只能有话明天说了。

为免他睡得难受，我替他脱了鞋袜、松了领带，还将他衬衫扣子全都解开了，怕他半夜起床口渴，我又起身到厨房给他倒了杯水。

我将水杯放在床垫旁的空地上，见他醉得厉害，该是不会轻易醒来，便躺到另半边床垫上，枕着胳膊闭上了眼。

也只有在他没有意识的时候，我才敢这么放肆。

半夜盛珉鸥似乎是醒了一会儿，摸着地上的杯子找水喝。我迷迷糊糊睁了睁眼，黑暗中看到他几口喝完水，忽地身体一僵，似乎是察觉到房里有另一个人的存在。

我赶忙闭上眼，只当自己没醒过，心里想着大多是要被他赶出去的。

然而我等了又等，不见动静，没有斥责，直到我再次入睡，盛珉鸥都没有任何动作。

再醒来时，床垫上只剩我一个人，屋里也只有我一个人。

## | 第五十三章 |

从我爸去世起，我就有种说不清的，盛珉鸥将离我越来越远的预感。

这种预感起初并不强烈，只是朦胧的一个概念，然而在盛珉鸥考上大学那年，它突然鲜明起来。

考上名校，跻身精英阶层，对大多数人来说应该都是件值得高兴的事。盛珉鸥收到大学录取通知书那日，夏日炎炎，我正坐在家里吹风扇吃冰棍，忽然门铃响了。

盛珉鸥去开了门，门口快递员跟他说着恭喜，叫他签收了一份快递。

他一边往回走着，一边拆开快递。我看到外封上的大学名称，一下子跳起来，挨到他身边："哥，你收到录取通知书啦！"

"嗯。"盛珉鸥脸上并无多少喜色，只是粗粗看了一眼，便把录取通知书塞了回去，收进屋里。

再出来，他好像完全将这回事忘了一般，仍旧拿着书在沙发上翻看，任风扇吹拂他的衣衫。不知道的，还以为他考试失利。

清湾最好的大学，多少人挤破头都想踏进它的校门。一朝金榜高中，恨不得十里八乡都知晓。这明明是一件值得高兴的事，他却好像并不高兴。

"哥，你不开心吗？"我嗑着冰棍，凑过去问。

"为什么要开心？"盛珉鸥眼也不抬，翻了一页书，旋转的风扇吹动纸张，发出细细的摩擦声。

我微愣，咬着冰棍想了想道："因为……你考上了别人梦寐以求的大学啊。"

"别人的梦寐以求，和我有什么关系？"

我一时语塞，总觉得这话有问题，又挑不出什么错处。但那一瞬间，"盛珉鸥和我不一样，和普通人都不一样"的念头，第一次如此清晰地出现在脑海。

我开始回忆，结果发现盛珉鸥好像从来没有为了哪件事欣喜若狂过，我也从没见他落过泪。年纪越大，他便像与谁都隔着一层，感情越不外露。

他并非不擅交际，也不是只会闷头读书，他就是……和谁都不亲。用他自己的话来说就是——别人的事和他没有关系，他的事也不需要别人掺和。

后来他上大学住校，搬离了家里，现实的距离，让一直以来只是模糊存在的"可能会失去他"的念头逐渐成型。

从前，我以为是盛珉鸥的无比聪慧，是他有别于我等凡人的高超智商造成了这种距离。我拼命地追赶他，想缩短彼此的距离。他拉开一丈，我就缩短九尺八；他不喜欢我黏他，我就要黏得越紧；我无法阻止他离我越来越远，那我就去做那个离他最近的人。

后来，我发现自己可能想错了。

就好像人一日要吃三餐，花谢必定经历花开，落雨就会有阴云。考上一所好的大学，拥有一份为人称羡的好工作，对盛珉鸥来说也不过是人生必不可少的一个寻常步骤。他按部就班地做着普通人该做的一切，世界不过布景板，旁人不过 NPC（指电子游戏中的非玩家操控角色），他能分辨对错，却无法产生过多的情感波动。

就像他不断告诫自己要远离我一样，认定一个目标，他便不会去管旁的，仿佛一名固执的殉道者，严苛扫除一切障碍，并不顾及我的悲喜。

而当"不要靠近我"这一决策出现偏差，他可能也并不能很好地解释，自己到底为什么会这样失控。

别人感到快乐的，他未必快乐；别人感到伤心的，他也未必伤心。相反，别人不会为此感到快乐的，他未必不会感到快乐；别人不会为此感到愤怒的，他也未必不会感到愤怒。

他总是显得十分冷酷，因为没有什么能真正触动他的心。他又很疲惫，因为这个世界对他来说太过无趣、愚昧，不合他的心意。他认为痛苦的人生毫无意义，不明白为什么有人会为了一丝甜而忍受九分苦。

他其实是个彻头彻尾的悲观主义，但或许他自己也没意识到这点。


醒时接近十点，我倒是不想起，但窗外照进来的阳光实在猛烈，让我无法再睡下去。

盛珉鸥不在屋里，鉴于今天是工作日，他又是个工作狂，所以我猜他应该是上班去了。

他离开的时候我隐约有所感觉，但实在是睁不开眼。

身上黏糊糊的，不太舒服，我挠着头进盛珉鸥的浴室洗了把澡，洗完用浴巾一围，发现洗手台上有一瓶黑色香水。

我对着空气喷了两下，深吸一口气，与之前闻到的隐隐狂野的木香混合皮革香不同，前调有点茶叶味，还带着一丝淡淡的铃兰气息。这跟盛珉鸥真是绝配了，表面沉稳优雅、衣冠楚楚，私下千般计谋，绝不心软。


我从盛珉鸥衣帽间随便扒拉一条裤子换上。然而盛珉鸥比我高一点，尺寸有些不合适，我穿好了还得卷两圈裤腿，瞬间让这条裤子掉价不少。

我穿戴齐整，揣上那瓶看起来就很贵的香水，一出卧室，便再次看到对面紧锁的房门。心中一动，机会难得，我又想进去看看。

一回生，二回熟。熟门熟路输入密码，正等着门开，手下突然响起刺耳警报声，吓得我一哆嗦，差点儿没抱头蹲下。

我茫然地盯着那锁，心里升起不妙的预感。

手机里有两条未读信息，一条是沈小石发来的，问我今天去不去店里。还有一条是郑米米发来的，问我昨天吃得怎么样。

我回了沈小石说会晚点过去，又回了郑米米一个微笑，告诉她我昨晚吃得很撑。

我拦车先去了盛珉鸥的公司，前台正在订饭，见我来了问要不要连我的一起订。

"不用了，我很快就走。"我冲她笑笑，直直往盛珉鸥的办公室而去。

进去时，盛珉鸥正在窗边打电话，看了我一眼，又收回视线。

"您不用担心，我都会处理好……"盛珉鸥不断应允着对方，几分钟后，电话到了尾声，挂电话前，他说了句"保重身体，萧先生"。

姓"萧"，还让他语气这么恭敬的，难道是萧随光？保重身体……萧随光昨天还看着好好的，怎么今天就要保重身体了？

"什么事？"盛珉鸥挂了电话，仍旧立在窗前，也不看我，只是低头摆弄着手机，似乎在给谁编辑信息。

"十年前你约我去废墟，到底是要我看什么？"

一切的一切，都在逐渐明晰，只有这点，仍让我心存疑惑。

盛珉鸥指尖一顿，半晌才继续："你之前不是问过了吗？是我故意引你去见齐阳，故意让你们两个厮杀，一切都是我预谋已久。你这十年的不幸，都是我造成的。"

"不对。"我斩钉截铁，"你撒谎。"

盛珉鸥终于抬起头，先是对着正前方不耐烦地重重吐息，再是看向我。

"你偷偷进过那间屋子了。"

果然，他知道我进过那间上锁的屋子了。他昨晚估计也是在装醉，看我到底记不记得密码。

干什么？现在是要看谁三十六计玩得炉火纯青吗？

我轻咳一声："我说没进，你信吗？"

盛珉鸥将手机塞进口袋里，双手插兜道："那间屋子不过是一种自我警示。告诫我要时时刻刻扮演一个'正常人'，不能在人前露出马脚。它代表不了什么。"

到了这会儿，哪怕证据确凿，他仍然不愿意放弃自己秉持的"正道"，要与我诡辩一番，想让我相信一切不过都是错觉。

我都不知道该气他的嘴硬，还是心疼他的顽固了。

"嗯，你说得对。留着我的信，是因为自我警示。"我缓缓走近他，"十年来每到探视日都要在监狱外徘徊，是因为那里的空气特别好。用十年换两百万元赔偿金，是因为萧随光赏识你硬要给你的。"

他既然死不承认，我也只好相继掀出底牌。这简直就像他以为我最大也不过一个大王，结果我甩手就是一个王炸。他措手不及，直接被炸蒙。

就算聪明如他，也无法瞬息找到新的合理借口。

"以上这一切，都不是一位冷酷的哥哥会为弟弟做的。"我直视他的眼睛，"你为什么就是不肯承认自己是关心我的呢？"

盛珉鸥的眼里看不出一丝动摇，他静静凝视我，没有表现出震惊抑或焦躁的情绪。

他好像是还在抵抗，又像是已经放弃了。

他也该认命了。所有他建立起来的，挡在我们中间的坚墙，都已被我一堵堵徒手拆除。我们间已经没有误会，他还有什么招应对我呢？

"你……"我刚要再说点儿什么，门口骤然传来吴伊的声音。

"老师，饭来了！"

来得真不是时候。我趁机开溜："那个，我先走了，你们慢慢吃。"

走到门口，我摸到口袋里的香水，又退回去。

"哥，你香水我拿了哈。"

盛珉鸥已经坐回办公桌后，闻言看了一眼我手上的香水瓶，只是轻轻吐出一个字。

"滚。"

同样的一个字，以前我听着讨厌，怎么现在还觉得美滋滋的呢？我怕不是越发贱骨头了？

我收起香水，笑道："好嘞。"

## | 第五十四章 |

郑米米打电话给我，说萧随光要见我。

我着实诧异，萧随光与我只有一面之缘，交谈也不多，他见我做什么？

"你那天很得他眼缘，他要请你去家里吃饭，还要让你参观他的收藏呢。"郑米米说。

萧随光要见的其实也不算是我，而是"郑米米的男朋友"，撒了一个谎，就要用更多的谎去圆，从来都是如此。

"我可就帮你最后一次，之后要是你姨父再问起我来，你就说把我踹了。"

郑米米连声说自己知道了，随后发给我地址，约好了时间。

我这边刚挂上电话，门口便进了客人。

"欢迎……"我一见对方才十六七岁的样子，便止住欢迎词，提醒道，"我们这边不做未成年生意的哦，小妹妹。"

我一指墙上红色告示，黑直发齐刘海的小姑娘愣了愣，忙冲我摆手。

"不是不是，我是来找人的，不是来当东西的。"

小姑娘脸小眼大，五官秀美端正，是中国人的长相，只是说话腔调有些怪异，跟外国人一样。

"你要找谁？"这里就三个人，柳悦、我、沈小石，柳悦刚刚看人家一眼没反应，应该不认识，我也没见过这小姑娘，那唯一有可能认识对方的只有……

我目光转向沈小石，心里各种猜测。

小石现在这状态，且不说母亲还未摆脱牢狱之灾，事情一大堆，就说与魏狮那事也还没厘清，这又要加一位未成年少女，我真是怕他吃不消。

"干、干吗？我不认识啊，她和我没关系。"沈小石感觉到我看他，连忙撇清关系。

他又问少女："你到底要找谁啊？"

少女在屋里转了一圈，最后视线定在我脸上，手指忐忑地抓着肩上的背包带子，走向我道："你好，请问你是陆枫吗？我是韩英媛，齐阳同母异父的妹妹。"

听到"齐阳"两个字，我脸上的表情瞬间敛起。

我曾经也想过，如果在街上碰到齐阳的家人会怎么样，但从没想过有一天齐阳的家人会找上门来。

店里不是说话的地方，在柳悦与沈小石探究的目光中，我与韩英媛一同出门，去了附近的茶餐厅。

"抱歉，突然找你……"少女将黑色小背包放在膝盖上，抱在怀里，"我爸爸和妈妈是再婚的，所以我和哥哥差很多岁。哥哥……那件事后没两年，我父母就离婚了，我跟着爸爸去了国外生活。我很久没回国了，这次回来，是为了处理我妈妈的丧事。"

我闻言吃了一惊："你妈妈是……"

少女垂着眼，难掩伤悲："她一个月前出车祸去世了……"

虽然齐阳精神不正常，但他家人是无辜的，不到暮年便突遭意外离世，称得上可惜了。

"节哀。"可就算如此，我也实在想不通少女来找我的缘由。我与他们家，十年前就已两清。

韩英媛抿着唇，一副有口难言，不知从何说起的模样。而这时，店员正好送来饮料。

因为装冷饮而挂着水珠的玻璃杯被少女紧紧握在两手中，倒像是一尊提供热能的暖炉，让她重新拥有了说话的勇气。

"其实，我本不该来打扰你的。但我在我妈妈的遗物里发现了一样东西，看过后我实在……实在说服不了自己当什么也没发生过……"她拉开自己背包的拉链，从里面取出一本看起来颇有年头的绿皮笔记本，小心地摆到桌上，推向了我。

我不解地接过，怀着好奇打开看了两眼。内页密密麻麻的字，字迹十分潦草，看格式这竟然是本日记。

而越往下看，我越是心惊。这本不是别人的日记，正是齐阳的日记。

我翻过一页，抬头看了一眼韩英媛，她垂下眼，似乎不敢与我对视。

"这是我在我妈一口装衣服的大箱子底层发现的。我和我哥不太亲近，他过世时我才六岁，对他认识不深，当看到这本日记时，我觉得这会是个认识他的好途径，可没想到……"她越发握紧玻璃杯，身体隐隐颤抖，"这简直是本恶魔的日记。"

我细读下来，也逐渐明白她为什么这么说了。

齐阳果然是个神经病，日记里完全不加掩饰自己的变态，今天杀了一条流浪狗，明天虐待了一只流浪猫，把它们的惨状全都记录在纸上，宛如品酒一般详细到它们的每一声惨叫、每一个反应。

他以此为乐，并且毫无悔意。

突然，我心里生出一种预感，自己或许会在齐阳这本日记里找到盛珉鸥不肯告诉我的，拼图残缺的地方。

我快速翻阅起来，十年前盛珉鸥大二，与齐阳已做了两年同学，那是一切的终结，而想要知道起始，就要找到他们的第一次相遇。

略显粗暴地翻阅着齐阳的日记，当翻到大一新生开学那页，我第一次在日记里看到了盛珉鸥的名字。

齐阳和盛珉鸥一开始竟然是室友，而齐阳从见盛珉鸥的第一天、第一眼起，就毫无缘由地认定他们是同类。

我忍不住咬牙切齿地骂出声，随即惊觉不妥，对面还坐了个未成年少女，并且还是我咒骂对象的妹妹。

"不好意思。"我向韩英媛道歉，"一时没忍住。"

"没事。"她吸着奶茶，轻轻摇了摇头。

我继续往下看，越看越是气得浑身颤抖，五内俱焚。

我就说盛珉鸥好好的宿舍干吗不住，要花钱在外租房，原来是被齐阳骚扰得实在住不下去了。

齐阳跟踪他，给他发各种骚扰信息，不允许他和别人来往，甚至还给他寄各种鲜血淋漓的"礼物"。

要是普通人，怕是早就要被齐阳逼疯，而盛珉鸥竟然一直忍受了他两年的骚扰。

"他之前一直无动于衷，我以为自己无法撼动他了。但我今天突然发现，他竟然有个弟弟。"

只是看着纸上代表着我的那个称谓，我就感到一阵寒气袭上脊背，脖子上忍不住要起鸡皮疙瘩。

"他的弟弟，那么可爱的弟弟，要是开膛破肚放到他面前，他是不是还能这么冷静？……

"他说我不懂他。我不懂他？这个世界没有谁比我更懂他！……

"我告诉盛珉鸥，他的弟弟和我一样。盛珉鸥的眼神好恐怖，哈哈哈！"

我以一目十行的速度看着日记，本就潦草的字迹越到后面越难以辨认，一笔一画都力透纸背，疯癫至极。

终于到了最后几篇日记，内容配合着字迹，简直让人窒息。

"我偷偷在盛珉鸥房间里装了窃听器，并且同步了他的手机信息。

"他约我去废墟，是想制服我；约他弟弟去废墟，是想若是发生了不可控的事情，好见他最后一面。他的打算我都知道，但我不会让他如愿……

"他还说我不懂他！不懂他又怎么能将他的想法摸得这样清？

"那一天，我将会死在他弟弟手里。我要让他一辈子忘不了我。

"我们都不属于这个世界。我即将解脱，他又要受折磨到什么时候？"

我愣怔地盯着齐阳的最后一篇日记，店里冷气十足，我却从发根开始一点点冒出汗水。

十年前齐阳的话不可信，我一早就知道，但我没想到那一切，包括他的死竟然都是他布下的一个局。

我茫然地抬头看向韩英媛，指着日记道："这里面说的什么意思？齐阳当年是故意让我杀了他的？"

韩英媛咬着唇，低声道："从日记上来看，似乎是这样的……那时候我年纪小，也不是很有印象，但听我爸爸说过，好像我哥的亲生父亲那边，是有家族遗传的精神疾病的。"

我一直骂齐阳是神经病，不承想他竟然真的是个精神病人。

我好笑地递上那本日记，推回给她。

"你现在来给我看他的遗书，又是为了什么？"

韩英媛一愣："我只是觉得，应该找到你，告诉你真相。你也不用为此心怀愧疚过一生……"

我掏出钱包丢下张整钞到桌上："这和你没有关系，很感谢你告诉我真相。"

我起身欲走，走到一半想起还有个问题没问，又退回去问她。

"对了，你知不知道十年前给到你们家的赔偿金是多少？"

少女一下涨红了脸："好像、好像是两百万元……对不起，这笔钱我们不该要的……"

真的是两百万元。

我闭了闭眼，没有再说什么，转身走了。

看了齐阳留下的日记，一切先前圆不上的便都圆上了。

齐阳还真是厉害，用自己的死，把我和盛珉鸥都算计进去了。

可是什么叫盛珉鸥约我去废墟是要见我最后一面？到底是齐阳危言耸听，还是……真相就是如此？

迎着室外灼热的风，我的手脚却冰凉一片。

我从未想过的一种可能，就这样猝不及防地呈现在了我的眼前。

要与齐阳厮杀，同归于尽的，从来不是我。盛珉鸥要我见识的恐惧，也不是齐阳的死。

"等你真正见识过恐惧，就不会再接近深渊。"

在他看来他便是我的深渊，只有他消失了，我才能真正回到正轨。

他要用一种近乎惨烈的方式，生成应激，让我记住再也不要靠近他这样的人。

我捂住胸口，在路边花坛边坐下，只觉得自己要被这一凶残的真相闷头闷脑砸得气也喘不过来了。

他要做什么事，从来不会管我的悲喜，也不会去想他这样做后我会怎么样……

这个世界对他来说很无趣，他也厌倦了伪装成"正常人"，他想解脱，却要把我留在地狱。

| 第五十五章 |

我冷静了好几天，没去找盛珉鸥，甚至特地把手机里他的名字改成了"不要碰"。

真相的确出人意料，但我也不是真的生气，只是需要一些时间消化这件事。

再者无论盛珉鸥当年要做什么，现在已时过境迁，我一个人生气又有什么用？盛珉鸥是那种就算被我揭穿谎言都不带眨眼的。

而且准确说来，我不是生气，是恐惧。

我知道这个世界对他来说没那么重要，这个世界的芸芸众生对他来说也没那么特别。如果他觉得有必要，完全可以毫不犹豫丢下一切离开。他对死亡并无敬畏，自然也不会对被留下的人心怀愧疚，更不会去想，没有他的世界对我来说意味着什么。

有他，再难熬我也能撑下去，在地狱里我也能爬上来；可如果连他也失去了，这世界对我来说便是全然的苦涩，不再那么重要，也不再那么特别。

十分苦的世界，又怎么能让人不害怕呢。


几天后的周六，到了萧随光宴客那天。郑米米让我穿得随意些就好，毕竟是家宴，于是我直接穿着 T 恤、牛仔裤就去了。她一早在大门外等着我一同入场，还精心给我准备了一瓶红酒做上门礼物。

我怀抱红酒敲开萧家大门，在管家带领下穿门入户，来到一间紧凑又不失温馨的会客室，还没等憋出对装修风格的溢美之词，便在室内的皮沙发上看到了坐着的盛珉鸥。

我的笑意瞬间全凝固在脸上，转向身旁的郑米米，皮笑肉不笑地质问她为什么没告诉我盛珉鸥也会在。

郑米米比我还要惊讶，用只有我俩能听到的声音道："我不知道啊，姨父也没跟我说有他。"

郑米米此时还挽着我的胳膊，我们俩贴得又近，在旁人看来，这简直就像恋人间亲密耳语。

"果然是热恋期啊，走个路都要咬耳朵，生怕别人不知道你们恩爱呢。"萧随光招手让我们过去。

盛珉鸥坐在沙发上，我们进来前他似乎正和萧随光闲聊，姿态显得十分随意，一只手撑着额头，手肘搁在沙发扶手上，另一只手握着一杯盛着冰球的威士忌。听到动静，他目光投向门这边，萧随光说着玩笑话的同时，他轻飘飘扫过我和郑米米，视线落向我们挽在一起的胳膊上。

"年轻人总是有说不完的话。"他直直看向我，与我相视一笑，"可以理解。"

我瞬间就把自己的手从郑米米那儿抽了回来，说话都结巴："让盛、盛先生见笑了。"

盛珉鸥没说话，萧随光脸上笑意更浓，顺手补了我一刀。

"哎哟，还害羞了。"

这要是部武侠片，我现在能吐出一升的血来。

郑米米快步坐到他身旁，佯装羞恼道："好啦姨父，别开我们玩笑了。对了，表姐呢，怎么没看到她人？"

"别提她了，昨晚喝得烂醉回来，结果一大早又出去了。"说起自己的独生女儿，萧随光便止不住地叹息。

我默默坐到盛珉鸥身旁，也不敢贴太近了，中间空了大约半臂的距离。之后的谈话过程中，他连瞥都没朝我瞥一眼，从头到尾只接萧随光和郑米米的话，好像拿我当空气。

我如坐针毡，几次想悄悄靠过去做点小动作，又怕对面两个发现，憋得就差抓耳挠腮。

老天也不知道是不是要我，怎么每次不管同性还是异性，但凡出现点看起来引人遐想实则一清二白的画面总能被盛珉鸥撞到？先是莫秋，再是沈小石，现在又加上一个郑米米！

我颇为煎熬地与他们进行着这场根本没有灵魂的谈话，过了大概半个小时，来人说开饭了，我们便移到了餐厅。

"失陪一下，我去一下洗手间。"盛珉鸥若有似无地看了我一眼，转身就走。

"我也去一下！"

我找准机会连忙跟上，跟着他七拐八绕，到了一间有些偏僻的洗手间，在他之后迅速蹿进去，反锁上了门。

"哥，你听我解释……"先下手为强，我一把牵住他，解释，"我和郑米米真的没什么。"

自从得了盛珉鸥的香水，我就每天喷一喷，衣柜要喷，床上要喷，身上更要喷。

"和我没关系，松手。"盛珉鸥站住没再动，声音却冷冰冰的。

"和郑米米不过是逢场作戏，我答应了要最后一次扮她男朋友，我总不能食言。"

我转到他面前。

盛珉鸥蹙了蹙眉，在指尖碰到我的衣襟时猝然抽回胳膊。

"我说了，和我没关系。"

他越过我，走到洗手台前微微俯身，将洗手液涂抹全手，仔细得好似即将要上手术台的医生一般。

他还真是来洗手的。

我心中轻叹一声，双手环胸，斜倚着墙壁看他。

"哥，我要是哪天突然死了，你会为我伤心吗？"我问完了又觉得自己矫情，硬要去求一个显而易见的答案。

我垂下眼帘，自嘲一笑："算了，不用回答。"

盛珉鸥与我擦肩而过，往门口走去，掀起一道微风，声音从身后传来。

"不上厕所就出来，别让萧先生久等。"

"好……"我拖长了音，懒洋洋应着他，有气无力出了门。

等我和盛珉鸥回到餐厅，发现餐桌边又多了个人，萧蒙来了。

| 第五十六章 |

"人都到齐了，那就开席吧。"萧随光举起酒杯，遥遥敬了一圈。

长方形的桌子，萧随光坐正南位，剩下我与郑米米坐一边，盛珉鸥与萧蒙坐一边。

菜一道道上，话题也一个个换。因为有些家宴性质，桌上话题没那么局限，天南地北，时事新闻，想到哪里聊哪里，郑米米还提供了两个明星的八卦，听得萧随光哈哈大笑。

"对了小盛，最近你那个新案件怎么样？我听人提起，死的那个男人是个暴力狂，一直有打老婆的习惯。"聊着聊着，萧随光提起沈小石母亲的案子，"男人怎么能打老婆呢？好了，现在被老婆打死了，真是活该。"

盛珉鸥停下刀叉，并没有说太多："案件还在审理中，不过应该很快会有结果。"

萧随光点点头，忽然转向我，一本正经道："小陆啊，你记着，男人千万不能打女人。女人是用来宠的、爱的、敬的，你以后结婚了，老婆就是最大的，明白吗？"

我一愣，就听身旁郑米米抢在我前面回道："女人也不能随便打男人啊，乱用暴力总是不对的。再者婚姻是互相尊重，大家生而平等，没有什么大小主次之分的。"

萧随光好笑不已："你这丫头，我帮你说话呢，怎么还拆我的台呢？"

我见对面盛珉鸥安静用餐，一副完全没兴趣参与的模样，心里越发担忧。

他这个人太会伪装，眼见不一定为实，看着没事，说不准心里早已经滚黑水冒青烟，就等我什么时候一脚踩到他的"爆点"，又要倒大霉。

"当初叔叔还不愿意放小盛走，您看您要是硬留着他，现在清湾可就少一位金牌律师了。美腾虽好，但哪有自己做老板好，是不是？"萧蒙脸上虽笑着，我却总觉得他笑里藏刀，说话含沙射影，并非全然友好。

可能也是他长相奸猾的缘故，细长的眼睛一眯，总给人无时无刻不在算计什么的印象。

郑米米该是跟我有同样的感受，闻言小声嘀咕一句："你当然说好。"

她这话说得轻，萧随光并没有听到，但坐在她身旁的我和坐在她对面的萧蒙还是听到一些。萧蒙眼里闪过一丝冷光，似乎有些动气，但顾忌着萧随光在，到底没有发作。

有一说一，我绝对不是自带滤镜，就不露声色方面，萧蒙还真不如盛珉鸥。盛珉鸥面对再烦人的客户都能忍着怒气谈笑风生，待人接物虽不能说挑不出错处，但也绝不会叫人看出他的情绪变化。他习惯隐忍，也习惯伪装，不熟悉他的人，永远都无法摸清他斯文有礼的外表下，藏着怎样深不见底的心思。

而就算熟悉他如我，也时常无法厘清他的真实想法。

都说伴君如伴虎，要我说伴在盛珉鸥身边，就跟伴着一条鳄鱼一般。平时看他跟个雕塑一样毫无攻击性，等你放松警惕靠近了，回头他就一口咬得你生活不能自理，别提多刺激。

"美腾很好。就是太好了，人才济济，缺我一个不缺，多我一个不多，我在其中作用很小。既然这样，不如转到更适合我的领域，为更多需要我帮助的人服务，这也是萧先生一直教我的，要不忘初心。"

盛珉鸥这话说得漂亮，还顺带拍了一下萧随光马屁，听得萧随光眉开眼笑，萧蒙脸色愈加不好。

盛珉鸥放下勺子，停止进食，拿起一旁的白色方巾擦了擦嘴道："前阵子我收到几起公益案件，其中有一起是关于美腾的医疗纠纷案，好像和一种新型抗过敏药有关。我当时没有接，给推了，不知道这案件之后怎么样了。"

"有这种事？"萧随光皱了皱眉，"萧蒙，你主管药品研发，这事你知道吗？"

萧蒙神色一变，显出几分紧张。

"没事的叔叔，我都解决了，不过是些想钱想疯的穷鬼罢了，不成什么气候。"

萧随光见他如此笃定，放心一些，但眉头仍未全部舒展，语重心长道："一家企业，口碑很重要。我最近身体不太好，公司方面你多上点心。沫雨这个样子，我是不求她上进了，你作为萧家人，只能多分担一些。"

这话信息量有点大，萧蒙闻言立马喜笑颜开，眼里的兴奋藏也藏不住。

"一定的，叔叔。"

吃过饭，萧随光领我们去看了他的收藏。不得不说，实在是厉害，藏品之丰富，让人好似置身一家表类精品店，许多还是市面上没有的定制款，着实叫我大开眼界。

领着看了一圈，萧随光抱歉地和我打招呼，说与盛珉鸥有些事要谈，接下来让萧蒙先招待我们，说完便同盛珉鸥进到书房。

萧蒙满口答应，之后却总是走神，每过几分钟就要往书房方向看上一眼，恨不得立刻生出 X 光眼，穿透门板看里面两人在做什么。

郑米米将他这番模样全都看在眼里，低头摆弄着手机，一大段一大段地打字，也不知道在和谁吐槽。

与萧蒙貌合神离地尬聊一个小时，正当我实在不知要再聊些什么话题时，书房门开了，盛珉鸥走了出来。

他缓步下了楼，对萧蒙和郑米米道："萧先生让你们两个上去。"

萧蒙二话不说，头也不回上去了。郑米米诧异地指指自己，有些意外："我也有份儿？"

我见时间不早了，又见盛珉鸥手里拿着外套，一副现在就要走的模样，便与郑米米道："你上去吧，代我跟萧先生道别，就说我先走了，谢谢他今天的招待。"

本来这些应该由我亲自去说，但一来他们自家人说话，我一个冒牌男友掺和进去实在不妥；二来我上去再下来，盛珉鸥保准都走没影了，有些得不偿失。

郑米米道："行，那要不要我叫人送你？"

"不用不用。"我瞥一眼已经往外走的盛珉鸥，急急道："我搭盛先生的车走就好。"

说完我不等郑米米再说什么，追着盛珉鸥便去了。


走出大门，快跑几步到盛珉鸥身边，我舰着脸道："哥，我今天没喝酒，我开车送你回去吧？"

他看也不看我，将车钥匙往我身上一抛。我看准了接住，十分欣慰他这种合作的态度。只要脸皮够厚，就没有什么事是办不成的。

坐到车里，系上安全带刚起步，盛珉鸥忽然开口："萧随光快要不行了。"

我猛地刹车，错愕地看向他："啊？"

萧随光席上说自己最近身体不好，我以为就是头疼脑热这种小病，想不到都到快不行这种地步了。

盛珉鸥皱起长眉，似乎被我这急刹车刹得颇为不舒服。

"你要再敢这么踩刹车就给我滚下去。"

我缩了缩脖子，轻轻踩上油门，从未有过地温柔。

"萧先生怎么了？看着挺健康啊，生病了吗？"驶出萧家别墅，我重拾话题。

"癌症。"盛珉鸥不是说一半藏一半的人，简单明了抛出两个字。

联想之前盛珉鸥接的那通电话，看来他知道萧随光的身体状况也不是一天两天了，只是不知今日两人书房密谈跟这件事有多少关系。

"那萧随光今天叫你来是……"

"立遗嘱。"

原来如此，说不准萧蒙就是有所感知，所以才会显得如此迫切。不过看萧沫雨与郑米米的表现，又不像知道萧随光病情的样子，看来他也不是对谁都吐露实情。

"可惜了，萧先生也才五十几岁吧，正是大有可为的年纪。"我有些唏嘘道。

"生命终会走到这一步，有的人早一些，有的人晚一些的区别而已，没什么可不可惜的。"

马路上车来车往，川流不息，路两旁高楼耸立，灯火通明，明明是一番热闹景象，但有盛珉鸥的话语做背景音，倒无端生出几分萧瑟。

他嘴里说着萧随光，我却觉得他其实是借萧随光在说我。他在回答我之前在洗手间问他的问题——如果我突然死了，他会不会伤心。

根据他的话，大概意思就是——大家都是会死的，就算我死得有点早，也没什么可惜的。

唉，还真是符合他冷酷的人设啊。

"话不能这么讲，人固有一死，除了早晚，也有轻于鸿毛、重于泰山的区别。"我紧了紧方向盘道，"若非寿终正寝，就算自己认命，亲人朋友也大多会不甘心。所以有时候，死的那个不是最痛苦的，带着两人回忆继续活下去的那个才是最痛苦的。不是所有人都能接受不在预料之内的死亡，有些人甚至会出现过激反应。"

虽然已经过去十余年，他现在不一定还有那方面的想法，但我不放心，觉得仍有必要"科普"一下正常人看待"死亡"的态度。

盛珉鸥沉默许久没有答话，车内安静下来，前方遇到红灯，我缓缓踩下刹车。

"就像萧随光现在要死了，子欲养而亲不待，萧沫雨肯定也是很伤心的。"

"是吗？"盛珉鸥语气充满怀疑。

我一噎，感觉自己找了个错误例子。

我赶忙又换了一个："沈小石……沈小石要是突然发生意外——当然我只是这么一说——我必定痛心疾首。哪怕是吴伊，他要是英年早逝，我虽然不能说伤心欲绝，但多少还是会痛心一下的。这就是共情。"

小石、吴伊，对不起，兄弟在这儿跟你们赔不是了。

"那你情感还挺丰富细腻。"盛珉鸥倾身点开车载播放器，下一秒悠扬激昂的交响乐自音响里流泻出来，音乐声中，他如是说着，又靠回椅背。

我下意识觉得这话有点不对，再想和他细说，音乐声又太大，且前方车辆开始挪动，只好作罢。

剩下的车程盛珉鸥没再说话，将椅背调低，脸别到一边，看着像是休息了。


到他家楼下，我将车停好，刚要叫他起来，发现他自己已经睁开了眼，也不知是不是压根儿就没睡。

下了车，我将车钥匙还给他。他一声不吭就要上楼，我撇撇嘴，从后面拉住他。

"不说点什么吗？"

他回过头，蹙眉看着我，说了句："谢谢？"

"谢人要拿出诚意啊，盛律师！"

他立在那里，淡淡睨了一眼我抓着他的那只手，没有生气，但也不显得有多高兴。

我一下松开他："你别这种眼神……"

正要收回手，他忽地抬胳膊按住我的肩膀，轻轻靠过来，倏忽间便完成了一个客套而充满商务气质的拥抱。

"多谢，陆先生。"

一切发生得太突然，我整个僵在那儿，有些反应不过来。

"诚意够了吗？"

我咽了口唾沫，愣愣地看着他。他看我一副傻样，眼里闪过扳回一局的愉悦，不等我回答，转身上了楼。

我盯着他消失在玻璃门后的背影，半天才回过神。

## | 第五十七章 |

"哥哥！"

我与沈小石进了法院，正要往法庭走，听到不远处一声叫喊。沈小石似乎认出了这声音，身形一僵便往声源处望去。

长相圆润的少年喘着粗气跑过来，怯怯地看沈小石一眼，最终红着眼道："哥，对不起。"

他想去拉沈小石的手，沈小石退开一步，避开了，少年脸上显出受伤神色。

沈小石面无表情看着他："你要说'对不起'的对象不是我，你也没什么对不起我的。"

唐卓当下白了脸，讷讷说不出话。

沈小石眼里涌现复杂情绪，还要再说什么，我眼尾瞥到远处唐家人气势汹汹过来了，怕起冲突，忙拉了拉他袖子。

沈小石看一眼那乌压压一群人，叹了口气，对我道："枫哥，咱们走吧。"说完他不理唐卓，径自走了。

半途我回头再看，少年独自留在原地，还在看沈小石，身形显得格外落寞。

此次庭审，盛珉鸥传唤了精神卫生中心的徐尉波医生作为辩方专家证人，来证明沈小石母亲因常年家暴而抑郁缠身，精神状况极不稳定。

面对这一手，控方早有准备，通过交叉询问质疑医生的专业度，试图证实对方对姚婧精神状态的评估并不可信。

检察官手上拿着一沓资料展示给众人："徐医生过去五年在精神卫生中心的投诉率居高不下，不少病人认为自己的病情在他的诊治下并未达到他所承诺的好转。显然徐医生一直喜欢夸大自己的说辞，好突显自己的权威性。"

徐医生在大庭广众被这样质疑，当下脸色都青了，气得双唇直抖："你这是污蔑！"

盛珉鸥对徐医生做了个少安毋躁的手势，同时起立冲法官颔首道："徐医生并非第一次作为证人出庭做证，此前从未有人质疑徐医生的专业性。既然控方不相信徐医生，我们可以用他指定的医生，没关系，身正不怕影子斜，姚女士的精神状况不会因为医生的改变而改变。"

法官看向控方检察官，蹙眉道："控方，你需要更换指定医生吗？我要提醒你一点，辩方提交鉴定申请时你并没有对医生人选作特殊要求。"

之前我听沈小石提过，由于案子引来各方关注，法官不想节外生枝，希望能尽快有个结果，因此对没必要的拖延十分反感。

检察官似乎没料到盛珉鸥会这样硬气，面对法官严厉的面容，一下子就有些气弱。

"不用了，法官大人。"他悻悻坐下。


之后，控方传唤了唐志鹏的同事与邻居，两人无不对唐志鹏称赞有加，说不相信他是个暴力的人，又说他忠厚老实，对人非常友善。

沈小石紧紧抿着唇，眼里怒气蓬勃，这要不是在法庭上，我怀疑他会立刻站起来指着对方鼻子破口大骂，问他们是不是眼瞎。

庭审进行到一半时，我突然收到易大壮来电。我看了一眼庭上严肃的氛围，点了拒接，刚要发信息跟他说自己不方便接电话，手机再次振动起来。

这样锲而不舍，倒真像是有急事的。怕对方出了什么生死攸关的大事，我只得跑到法庭外头接了电话。

"什么事？小石妈妈正庭审呢。"

易大壮似乎正在走动，呼吸有些急促："枫哥，我寄了样东西给你，你收到……收到了放好，我过几天找你来拿。"

"你的东西寄给我了？"我听得一头雾水，"你网购地址填错了吗？"

"差、差不多吧。千万给我放好了，兄弟以后请你吃饭。"

再三叮嘱下，他匆匆挂了电话。

我盯着回到主页的手机屏幕，心里莫名觉得古怪。

寄错一样东西而已，他用得着这样急切吗？不知道的还以为他寄给我一笔巨款。

我猫着腰回到旁听席，发现控方再次传唤了唐卓。小胖子第二次站到证人席，兴许是比第一次人更多的关系，他表情也更为局促不安。

检察官的问题与先前大同小异，差别不大，但当他问到是否有目睹父亲对母亲实施暴力时，唐卓这次却沉默了。

少年垂眼注视着地上，似乎那里有什么吸引他注意的东西，让他看得出神。

检察官皱眉又问了一次："唐卓，你是否目睹过你父亲对母亲的暴力行为？"

庭上一片静默，连记者们打字的动作都停了下来，只有头顶冷气机运转的些微噪声。

在这样安静的环境下，少年缓缓抬起了头。

"有。"他的声音简洁有力。

众人哗然，在场记者们面面相觑，十指如风一样快速敲击着手下的键盘。

检察官有一瞬的愣怔，甚至怀疑自己听错了："什么？"

唐卓咽了一口唾沫，声音更大："有，我见过！我生日那天，我爸抓着我妈头发往墙上撞，对她拳打脚踢，我去拦，他把我推进房里锁上门，不允许我出去。他在外面的样子和在家里时截然不同，他对我很好，但他不是个好丈夫！"

姚婧脸上表情空白了一瞬，接着激动地把身子往唐卓方向倾了倾，眼里含满泪水。

唐卓突然改变证词，打得检察官措手不及，忙要求将他列为敌意证人，法官同意了。

"你是不是受到了你母亲那边的压力？"检察官意有所指地看向旁听席这边，"可你上次不是这么说的。"

唐卓颤抖了一下，嗫嚅道："我上次说谎了。"

盛珉鸥站起身反对："反对控方毫无依据的恶意揣测。现在看来，证人两次说辞不一致，更像是第一次庭审时受到了控方的压力。"他唇边带着笑，看着客客气气，说出来的话却很不留情面，"我很想知道，控方是否为了尽快定罪而给了一名未成年人不该有的压力。"

检察官被他这样直截了当质疑，脸上挂不住，怒斥道："你这也是恶意揣测！"

"那我收回。"

"你……"

法官适时敲响法槌，打断两人交锋。

"鉴于这名证人身份特殊，两次证言前后不一，在此决定对其证言不予采纳。"接着，他宣布接下来进行长达一个小时的休庭，随后直接进入结案陈词环节。

这也意味着，今天之内法官就会当庭宣判，案件也将有定论。

休庭期间，检察官进行了最后的尝试，认罪换三年缓刑，姚婧拒绝了。

讨论室里，吴伊高兴得要跳恰恰："胜利在望胜利在望，这一个小时里就应该形成大致意见了，之后的结案陈词不过更明确他们的判断，最多半个小时就能出结果。"

他虽未明说，但种种表现已能看出我们胜券在握。

辩方主张正当防卫，如果法庭宣布姚婧无罪，她将被当庭释放。

沈小石最近一直操心他妈这件事，吃不好睡不着，今天终于要有结果，难免激动。

我手搁在桌上，他听了吴伊的话一把紧紧握住我手腕，振奋道："这些天劳烦大家了，无论结果如何，改天我一定大摆一桌好好谢谢各位！"

盛珉鸥就坐在我们对面，闻言从手机里抬起头，轻浅地笑了笑："客气了。"

好像生成了条件反射，我霎时就跟手被刀割了一样，连忙从沈小石手里挣脱出来，挪着椅子与他拉开一大段距离。

沈小石沉浸在自己情绪里，也没有在意，吴伊却忽然爆出一连串的咳嗽，将头扭到一边，耳朵都咳红了。

"吴律师，你没事吧？"沈小石见他咳得厉害，出言关心道。

吴伊没回头，抬起手摆了摆，示意自己无事。

休庭结束，众人依照顺序再次入席。

结案陈词控辩双方都要说过一轮，这是最后争取的机会，可以说至关重要。

我第一次旁听到这一环节，比起严肃的审判程序，这一环节更像是控辩双方对自己演讲功力的展示。

条理分明，通俗易懂，还要扣人心弦。

"我是个孤儿，三岁时，我被我的养父母收养。"盛珉鸥手里旋着一支笔，在庭上开阔处缓慢踱步，"在我十四岁时，我的养父出车祸去世了。他被一辆货车从后面碾轧，送到医院后，医生看过他的伤口，直接又将床单盖了回去，表示已经没有实施任何抢救的必要。我弟弟那天哭得很惨，我从没见他哭成那样。"

他停顿片刻，接着道："质疑姚女士为什么不离开她的丈夫，为什么当时不报警，就像质疑我的养父为什么当初不躲开那辆车一样。

"他难道听不到汽车驶来的声音吗？

"她难道看不出对方已经喝醉了吗？

"如果街上突然冲上来一名陌生人对你行使暴力，你会不会反击？答案是肯定的。那为何换作一名丈夫，大家就要奇怪妻子为何要反击？在这道二选一的选择题里，不是你死就是我亡，姚女士只要是个正常人类，出于生物本能必然会竭力保全自己的性命。但这不是谋杀，也不含蓄意，只是出于正当、合理的自我防卫。"

控辩双方结束发言。

沈小石分外紧张，不停揉搓双手，搞得我也跟着紧张起来。

我去看盛珉鸥，他却十分镇定，半合着眼，一动不动地坐在辩方席，不细看都要以为他睡着了。

全场目光聚焦到法官身上，等着他宣判。

时间都像是静止了，每个人都屏住了呼吸。

法官清了清嗓子道："故意杀人罪名不成立……无罪。"

"无罪"两字一出，好似有一柄钟槌撞在我的心上，整个灵魂都跟着震了震。

我第一时间去看盛珉鸥，正好瞧见他抬起眼皮，唇角露出一抹尽在掌握的微笑。

不知是谁先开始，旁听席渐渐响起掌声，最后连成一片。

沈小石一下子抱住我，喜极而泣："赢了赢了，枫哥，我们赢了！"

盛珉鸥这时站起身，一只手插进裤兜，目光扫到旁听席，与我视线交织。

我冲他咧嘴傻笑，他脸上那点笑意转瞬即逝，他很快错开眼，与一旁的姚婧握手道喜。

## | 第五十八章 |

姚婧当庭释放，盛珉鸥作为她的辩护律师，一时风头无两，吸引了许多媒体关注。

他虽说业内口碑本就不错，可到底名气还欠缺一些，经此一役，大家皆知，算是彻底打响了名号。

就像盛珉鸥一开始说的，这是双赢，谁也不吃亏。

官司结束后，他比以前更忙碌，我去了几次他们律所，每次他都在会客，往日里井然有序的办公室也变得门庭若市，多了不少上门咨询的人。而与飞速发展的事业相比，我和他的关系却有些触礁嫌疑。

这几天他都不怎么理我，虽然他平时对我也不热络，但我奇异地就是能分出其中不同。

就说我每天给他发的短信，要他注意休息按时吃饭的。往日里他也不回我，但我知道他会看，这两天却有些说不准，冥冥中有种感应，告诉我他可能点都不会点开，甚至收到就给直接删除了。

到底怎么他就又生气了呢？

"唉，我哥的心真是海底针啊……"

我盯着毫无动静的信息栏唉声叹气，沈小石路过，不解道："枫哥，快六点半了，还不走吗？"

我撑着脸，一句话要叹三叹："才六点半而已，不是还早着吗？"

沈小石一愣，又看了一眼手机上的时间："没错啊，今天我请盛律师他们吃饭，你忘了吗？上礼拜就跟你说过的。"

吃饭？好像是有这回事，只是我这几天神情不属，都把这茬忘了。

等等……

我一下站起身，抓住沈小石的胳膊："我哥去吗？"

沈小石吓一跳："应该……应该去的吧？"

柳悦这时候已经关了电脑，挎着包就要走，中途却被我们挡住去路，只能站在一旁等待。

"不走吗？"

我退开一步让她先走，注意到她今天化了淡妆，还涂了口红，诧异道："你今天去约会啊？"

柳悦回眸看我，娇羞地拢了拢头发："不是一起去吃饭吗？因为要见枫哥你那个据说超级帅的哥哥，我还特地盛装打扮了一下。"

我挑着眉去看沈小石，他嘿嘿一笑，解释道："柳悦比较会活跃气氛，有她可嗨了。"

沈小石让我和柳悦先走，他来关门，等我叫好车，他正好也来了，手上却还拿着个大箱子。

我看那箱子眼熟，努力回忆了一阵，猛然想起之前清理仓库时，沈小石说这是测谎仪，因为不是常见的东西，一直都卖不出去。

沈小石看出我好奇，拍了拍箱子道："做游戏用的。我订的那家饭店包厢里能唱歌，但光唱歌也有点无聊，柳悦就说要不玩点小游戏。"

"拿测谎仪玩游戏？"

柳悦从副驾驶座回头道："枫哥，你不懂，这样才刺激啊。"

此时我仍然半信半疑，觉得一台测谎仪的加入能增加多少刺激？但两个小时后，我就会承认，这个游戏的确很刺激。


三人到了饭店，整整二十人的桌子，冷菜已上齐，自动转盘缓慢旋转着，墙上装饰着彩带气球，气氛十分到位。一旁副厅沙发茶几俱全，上面摆放各色桌游道具，正前方一面巨大的投影幕布，如沈小石所说，可以点歌。

这儿倒是个多功能的好地方。

等了大概十几分钟，锦上的人一起到了，浩浩荡荡十几个人涌进包厢。我探头张望，发现人群中不见盛珉鸥身影，叫住吴伊询问："我哥呢？"

吴伊见了我神色仍有些尴尬，也不敢与我对视，轻咳一声道："老师还在外面会客，不知道什么时候结束，可能要晚些过来。"

不知道什么时候结束，那他兴许也赶不过来。

我失落地"哦"了一声，兴致一下子失了大半，之后用餐全程心不在焉，眼睛抑制不住地一直往门口瞟。但直到一顿饭结束，盛珉鸥都没有出现。

吃完饭八点不到，灯光调暗，唱歌的唱歌，喝酒的喝酒，玩桌游的玩桌游。这时候柳悦的"会玩"就显露无遗，她让沈小石打开测谎仪，一群人围坐一圈，玩起真心话大冒险。

"我做裁判，这里有五个骰子，大家依次猜点数，最接近的那个人算输。真心话要戴上测谎仪进行，来不来？"柳悦边说边摇晃骰盅，一副老手的模样。

看不出来她一个沉迷追剧追星的小女孩花样这么多，也不知是不是从电视剧里学的。

"来来来！"吴伊积极响应，冲在第一个，"我还没玩过测谎仪呢，这么高端！"

结果越是积极输得也越快，第一局他就猜中点数，成为首个尝鲜测谎仪的用户。

沈小石替他穿戴好设备，柳悦坐他正对面，让他随便报个数："我这个小程序里有一千个真心话问题，大家选到哪个是哪个，跟我无关哈，这些问题真不是我想问的。当然，要是实在答不上，十秒后会有轻微电击处罚，然后必须再换一个问题回答，但如果你说谎，机器响了，也不算过关，还是会被电击，又要继续选问题。所以，不想被电，就要说真话。"

吴伊这时候脸色也有点变了，没想到玩个游戏竟然还带电击这么刺激的，就有些紧张。

"电击……疼吗？"

沈小石安慰他："也还好吧，就跟被橡皮筋弹到一样。"

吴伊还要再说什么，柳悦已经示意大家安静，并读出了他选中序号后面的问题。

"八十九，在场最想与之恋爱的一个人是谁？"

吴伊瞬间面如土色："这……能不能换一个？"

柳悦道："真心话不就这么玩的吗？不带换的啊。"

她话音刚落，吴伊那边就五官扭曲着"啊"了一声，同时缩了缩手。

柳悦掩唇一笑："哎哟，不好意思，说着说着就到时间了，那你再换一个吧。"

吴伊吸着气，小心翼翼换了另一个数，这次问题没那么劲爆，问他最不为人知的秘密是什么。

由于十秒钟时限，吴伊没有太多思考的时间，下意识看了我一眼，语速飞快地喊出声："不小心知道了老师的秘密！"

虽然没明确是什么秘密，但就关于盛珉鸥这一点已经足够点燃全场。

一时大伙儿七嘴八舌追问吴伊，到底知道了盛珉鸥什么秘密，为什么他还没被灭口。

"你们别问了，我不会说的！"吴伊慌忙扯下测谎仪，完全不见一开始的兴致勃勃，逃也似的远离这个是非地跑去一边唱歌。

"看来这个秘密真的很秘密，吴伊怕成这样。"一位律师双手环胸分析道。

"真的好想知道盛律师的秘密啊，什么时候把吴伊灌醉问一下吧。"另一位律师道。

两人相视一笑，达成共识。

我远远拍了一张大家一起玩闹的照片，发给盛珉鸥，并附上一段文字："这份热闹少了你，你还有多久才能到？"

我这边点了发送没多久，门口突然传来"叮"的一声轻响，紧接着服务员推开包厢门，将一高大身影引入。

盛珉鸥拿起手机查看，只是一眼便又收起来。

我说什么来着，我就知道他现在都不看我信息了！

他一抬头，正巧与我对视，脚步稍顿。我冲他挥手，装作无事发生一样，依旧热情地迎接他的到来。

"哥，你总算来了。"我上去拉他胳膊，将他拽到副厅玩测谎仪的那摊里。

他没挣扎，任我拽着往里走。

大家一见他来了，忙让开位置，并且强烈要求他也加入到这个游戏里来，一个个被电到胆肥的模样。

盛珉鸥不明就里地坐下了，柳悦让他随便选个五到三十以内的数，他选了个五，结果其他人都互相使眼色，选十五以后的数，柳悦一开盅，八点，盛珉鸥输。

能见识老板玩真心话的场面不多，众人都隐去能选大冒险这点，催着沈小石给他穿戴上测谎仪装备。

盛珉鸥挽着袖子，才刚到五分钟，屁股都没坐热就被拉上"刑椅"，轻皱的眉间满是莫名其妙。

在外威风八面的"盛大状"，玩骰子竟惨被全体同事套路，连大冒险的机会都不给他，强制真心话。我看他这样实在很有意思，倒在沙发上笑得直不起腰。

可能我笑得实在忘形，他忽地一个眼神递过来，带着点嫌弃，我瞬间就跟回到小时候那样，别说笑，他一个眼神我立马老老实实坐好，再不敢胡作非为。

我坐直身体，并拢双膝，冲他露出一抹讨好的笑。他接收到了，却像我给他发的那些短信，石沉大海，没有任何回应，淡淡移开了视线。

这时吴伊那边唱完了一首歌，正是新起一首的时候，见盛珉鸥上了测谎仪，索性也不唱了，都来看热闹。

柳悦给盛珉鸥重新"科普"完规则，让他随便选一个数字。

"十九。"盛珉鸥没多犹豫便选好了。

"请问……"柳悦刚开口要读问题，我从她手上抽过手机，示意让我来。她没说什么，让开位置，我坐到盛珉鸥对面，看了一眼手机，将它反扣到茶几上。

微微倾身，我直视着盛珉鸥的双眸，好似只是要与他谈论今天天气如何。

我先是笑一笑活跃气氛，再是毫不婉转地问他："你在乎我吗？"

众人不了解我们家的事情，皆发出无趣的起哄声，这个问题在他们看来丝毫没挑战性，毕竟兄弟间说句在乎又能如何。除了柳悦，她看过问题，知道我根本没按照手机上的说，因而显得格外错愕。

十秒转瞬即过，这个在众人看来没什么挑战性的问题，盛珉鸥却始终没有回答。电流蹿过手腕的一瞬间，他眉心骤然蹙起，除此之外，一如寻常，他的反应是所有人里最小的。

"老大，你是不是觉得这个问题太简单了，所以故意不回答，想再换一个？"

"老大，你再挑个数吧？"

"挑个吉利点的数。"

沈小石控制着机器，语气有点虚地询问盛珉鸥："还来吗？"

盛珉鸥没回他，盯着我，直接又报了个数。

柳悦将手机递给我，我看了一眼问题，用只我们俩能听到的声音问他："我如果把别人当兄弟，会让你感到生气吗？"

时间一秒秒飞速过去，是沉默被电，还是说谎被电，又或者干脆拔掉电极片呵斥我？思来想去，第一种可能性最高。

只剩最后几秒，眼看盛珉鸥这次也不会回答，心里叹口气，我暗暗想着："哎，算了，都电过了，看之前吴伊的反应，该是挺疼的，不回答就不回答吧。"

我正要俯身关掉机器，始终沉默着的男人却在最后一秒忽然开了口。

"会。"

他声音不大，却很清晰。

我整个人静止在那里，愣怔地盯着测谎仪的屏幕。

机器没响，心率平缓，他说了实话。

| 第五十九章 |

我问问题时声音很轻，旁人听不见。因此当盛珉鸥回答了那个"会"字后，手机便被众人轮流抢着看。

"上厕所后会洗手吗？"沈小石嘴角抽搐，"这是什么无聊到极点的问题啊！"

柳悦不认同他："此言差矣，我觉得这个问题挺好的，起码知道了盛律师是个讲卫生的好青年。"

律所的年轻律师们平日里都比较怕盛珉鸥，绝对不会拿他开玩笑，但今天可能是受氛围影响，纷纷开口吐槽。

"我们中哪里还有比老大更讲卫生的，你看他办公室还不明白吗？干净得我都可以在上面裸身打滚。"

"我严重怀疑你在暗示老大有洁癖。"

"反对你毫无根据的怀疑。"

"我也严重怀疑你……是不是对老大有意思！你竟然想在他办公室脱得精光，哈哈哈。"

"你好讨厌啊！"

下属们如何说笑打闹，盛珉鸥都是那个样子，好似事不关己。将电极片取下后，他便站起身让开位置，说完想去外面透气后就走向了阳台。

我看了一眼他的背影，没有追上去，留下来和大家又玩了会儿，结果第一把就输了，被大家兴奋地送上"刑椅"。

随便报了个数，柳悦等待片刻，读出手机跳出的问题："请说出，你心中对恋人最肉麻的称呼。"

"嗨，我还以为能出个更劲爆的，就这……"我完全无惧十秒时限，游刃有余地在最后三秒才吐出答案，"小心肝。"

沈小石受不了地揉了揉胳膊，感慨道："果然肉麻。"

"早知道是这样如梦一场，我又何必把泪都锁在自己的眼眶……"

吴伊不知什么时候重新拿起话筒感情充沛地演唱起来，歌声吸引了众人的目光，柳悦见大家都在认真听歌，便也暂停游戏。

"枫哥，小心肝是那天那个开豪车来接你的美女吗？"

我转过头，看向问话的柳悦。她一脸八卦，眼里是旺盛的求知欲。

"不是，你别瞎猜。"我把测谎仪数据线摘下来放好，起身往阳台走去。

阳台外，可能是周围灯光太亮的缘故，月明星稀，看不到什么星星，倒是有几片云彩飘浮在半空，让人吃不准明天到底是什么天气。

盛珉鸥倚靠在护栏上，看过来，见是我，脸上没什么表情，又接着垂下了眼帘。

室外隐隐还能听到吴伊的歌声，我靠到盛珉鸥身旁，也不看他，自顾自地说起话。

"前阵子，齐阳的妹妹来找过我。"

我用余光能看到盛珉鸥一下子顿在那里，跟被人按了暂停键一样，好半会儿也没说话。

"她来找你做什么？"盛珉鸥问。

我深深吸了口气，卖了个关子："其实也没什么……"

余光里，橘红色的火光自指尖坠下，下一瞬，我的手腕被身旁男人大力拉扯。

"她找你做什么？"盛珉鸥抓着我的手腕，语气危险地又问了我一遍。

我怕惹火烧身，到时候不好收场，想了想，还是决定不卖关子，老实回答了。

"她给我看了齐阳的日记。齐阳有心求死，当年故意激怒我让我杀了他。"

盛珉鸥怔然注视我片刻后，松开我的手靠回栏杆。

我揉了揉被他捏得生疼的手腕，靠在栏杆上，目视前方道："你知道齐阳当年用什么激怒我的吗？"

盛珉鸥始终一言不发，从我告诉我看了齐阳的日记起，他就好像陷入了自己的思绪中，遗忘了我的存在。

但我知道他并非真的什么都听不到，所以也就不等他回答，继续不管不顾地朝他丢炸弹。

"他说，他要把你拉进深渊。"

盛珉鸥再次停下动作，这次，他静止的时间更久。

我转了个身，面朝他问道："知道我为什么将这些告诉你吗？"

盛珉鸥手里举着烟，眼里闪过一丝茫然，这次我是真的问住了他。

"我说了要保护你，这一辈子就都会保护你；同理，我说了不会放弃你，这辈子就都不会放弃你。你打我也好，骂我也好，我绝不后悔。"身高关系，我只能微微仰视他，"靠近你我不会坠入深渊，也不会受到任何伤害，但如果你一直这个样子，把我逼急了，我可就不知道自己会做出什么事。到时候我被刺激到有什么过激行为，你得不偿失。"

我都不敢相信有朝一日我能跟盛珉鸥玩这套，怪不得都说被偏爱的有恃无恐，我这只是有点底气就开始胡作非为了，等盛珉鸥真的跟我敞开心扉，我还不飞到天上去？

"你威胁我？"盛珉鸥也看出我有"上天"的趋势，危险地眯了眯眼。

我心里其实有点慌，但都到这一步了，怎么也不能露怯，便只能强装镇定。

"是。"我凑近他，"给你几天时间好好考虑一下，别让我失望。"

"我考虑一下。"盛珉鸥靠在护栏上，扫了我一眼，然后大步往室内走。

我差点儿兴奋地骑到护栏上跳舞，身体里好像有股劲儿无处发泄，我只能傻笑着挥舞双臂，将自己无法言说的喜悦通过肢体宣泄。

别人说"考虑一下"，多半这事得黄。可盛珉鸥不一样，他会"考虑"这件事本身对我来说就是件不可思议的事。

我在阳台吹了半天风，等冷静够了才再次进到室内。


到了九点五十分，饭店委婉告知他们十点钟就要打烊，因为明天大家都要上班，便就此结束，不再续摊。

盛珉鸥没喝酒，自己能开车，捎上几个顺路的就走了。

沈小石后面玩"嗨"了喝了不少，走路都歪歪斜斜，这个样子我也不放心他自己回家，便架着他往路边走去，打算拦车送他。

我们所在的这条街，是清湾有名的不夜街，热闹繁华，小年轻喝了点酒就容易头脑发热，爱出事。

"枫哥，今天真的是我这几个月来最高兴的一天……"沈小石脸上浮着醺红，痴痴笑起来，"真的很高兴。"

"我也高兴，这几个月来我真是一天比一天高兴。"我们俩各说各的，牛头不对马嘴，却也能神奇地聊下去。

我正看着来车，沈小石突然往一个方向急急走去，我以为他要吐，也就顺着他。结果他往后走到一处花坛又停下来，视线直直投向正前方。

我疑惑地看过去，竟然在不远处发现了魏狮的身影。

我和沈小石与他之间隔着一丛景观植被，四周又很暗，因此他并没有察觉我们的到来。

"你放开我！"魏狮甩着手，看着也像是喝多了，"我跟你已经没关系了，你别缠着我，挨挨挨得还不够是不是？"

拉着他的那个男人瞧着颇为英俊，眉眼深邃浓丽，一眼看去帅得过分，完全和魏狮这种浓眉大眼的糙老爷们不是一个路子。

男人闻言瑟缩了一下，但仍旧没松手："你别这样，当年真不是我报的警，你相信我……"

"我知道，不是你，是你那个外头养的小情妇嘛。"魏狮粗鲁地挥开他的手，指着他鼻子骂道，"你们还真是渣男配贱女，我这辈子遇上你是我最大的过错，我求你别再祸害我了，有多远滚多远。老子不想看到你！"

这难道是魏狮之前跟我说过的那个害他坐牢的合伙人？

"魏狮，你听我解释，我后悔了，真的。"男人一下凑到魏狮跟前，双手抓着他肩膀，"你原谅我吧？"

这是说原谅就原谅的事吗？

我这边还在感叹对方的厚颜无耻，肩上忽地一轻，身旁的沈小石跟只兔子一样身姿敏捷地蹿了出去，跃上半人高的花坛，噌噌噌跑到对面，从侧面给了那不要脸的一个飞踹，把人踹出去两米远。

| 第六十章 |

那人被沈小石天降一脚，当下被踹得有点蒙。

"你谁啊？"我已看不到他人，但仍能听见他愤怒的质问。

沈小石冷笑一声："你爷爷！"说着他便扑了上去。

眼看两人厮打起来，我刚要抬腿学着沈小石的样儿走花坛，脚都踩上去了，突然想起自己大可不必如此，又把腿放下，绕着花坛奔了过去。

魏狮喝得也有点多，此时也没比那人好多少，一副不明白发生了什么的样子，愣愣盯着地上缠斗在一起的两个人，满脸茫然。

"愣着干什么？拉开啊！"我朝魏狮吼着，急忙上前去拉。

那人身量不算矮，和我差不多高，这会儿在气头上，我有点按不住。

魏狮被我一吼，可算是醒过神来，慌忙加入进来，双臂从后面由下往上扣住沈小石肩膀，用蛮力将两人彻底分开。

"别拦我，我要踹死他个孙子！"沈小石吐着酒气，两眼血红，不停试图用脚踹这边，"还敢当街来这套，我看他是活腻歪了！"

"关你什么事，你这人有病吧！"那人激动地带着我朝前几步，似乎还想干架。

"对，我得了一种看到贱人就想打的病，大概打你才能治这病！"

那人被沈小石骂得毫无还口之力，气得直发抖，改问魏狮："魏狮，这人是谁？你们认识？"

魏狮不理他，连个眼神都没给他，只是小声安抚着沈小石。

"好了好了，别激动，没事了。"

沈小石喘着粗气，渐渐地，竟真的平静下来。

沈小石长着一张好欺负的脸，但他看着弱，却是只货真价实的"钢牙小白兔"。

每个人都有每个人的毛病，魏狮这人是生起气来没完，沈小石则是打起架来没完，拉都拉不住。这时候，魏狮就会充当镇静剂，就像现在这样。

虽说现在打架少了，沈小石却还留着过去的习惯，一被抱住就自动停手，跟生成条件反射了一样。

"什么关系？什么关系都比和你关系好啊。"我感觉对方还有点蠢蠢欲动，扣住他双肩的力道立时加重，"别闹啊，一对三你比较吃亏。"

一语惊醒梦中人，那人挣扎一番，语气陡然凄楚起来："魏狮，你真的不能再给我一次机会吗？"

我受不了他这语气，深深蹙了蹙眉，要不是实在没手，我都想搓搓手臂上的鸡皮疙瘩。

魏狮听了这话终于抬眼看过来，这一眼冰冷至极，连我瞧了都要抖三抖，更何况直面他瞪视的人。

"滚。"

那人身体一僵，静静看了对面的两个人片刻，开口让我放开他。

我感觉他不像是要接着动手的样子，便松开了对他的桎梏。

他拍拍身上的浮灰，整了整衣襟，最后看魏狮一眼，默不作声地走了。

进攻对象都没了，魏狮自然也无须再控制沈小石，缓缓松了自己的力道。没想到沈小石刚刚只是清醒了片刻，被热血一冲头，酒劲儿更甚，没魏狮撑着直接就软倒下去。

"小石！"魏狮半搂住他下滑的身体，神色紧张地查探他脉搏，等确定他只是酒醉昏睡才彻底放下心。

我与魏狮说了今晚为什么会和沈小石出现在此地，又问魏狮刚才那人是什么情况。

"前阵子不小心和他碰上了，他就缠着我不放，我一直没理他，没想到他跟到这里来了。"我和他一边一条胳膊架住沈小石，往马路边走去，魏狮边走边啐了一口唾沫，"我当年真是瞎了眼了才信他，也是利欲熏心了，被他迷惑，都没看出来他是这么个恶心玩意儿。"

我看到有空车驶来，连忙伸手拦停。

"正常，人都是视觉动物，长得好看总是更讨人喜欢的。"

车在我们跟前停下，我开了门，让魏狮和沈小石先进去，等要跟着钻进车厢时，魏狮却说他送沈小石就好，让我早点回家。

我下意识地看了一眼靠在魏狮肩头的沈小石，正好见到他睫毛不自然地颤动了一下，知道他根本就在装睡。想来魏狮也看出来了，这是要借机跟他彻底解开心结。

"行，那你们当心点，注意安全。"

关了车门，目送他们远去，我手插着口袋长叹一口气，往对面重新拦了辆车，回家洗洗睡了。

第二天我起了个大早，一番洗漱打扮，吹着口哨光鲜亮丽地出了门，没走几步在楼道里遇上了送快递的小哥。

"您是陆枫陆先生吧？"快递小哥手里捧着个小小快递盒，"我跟您打过电话的，您还记得吗？"

易大壮寄错的东西前几天就要送来，但我白天都要工作，晚上快递员又不送件，只能另约时间让人一早送来。

最近事太多，我差点儿忘了还有这个快递。幸好在这儿遇上快递小哥了，不然我都不知道什么时候能收到件。

"记得，不好意思让你特地再送来，你给我吧。"

签好名，我从快递员手里接过快递，也懒得放回去，见东西小小一个，索性塞进外衣口袋，一并带到盛珉鸥家。

保安还记得我，只是简单做了访客记录就让我进去了。

来到盛珉鸥公寓前，我将耳朵贴在大门上，想听听里面的动静，那门却过于坚固厚实，什么动静都听不到。估摸着时间应该来得及，我输入密码，推门而入，果然盛珉鸥在呢，衬衫笔挺，系着领带，看样子是正准备去上班。

我来得突然，他手里举着一个咖啡杯，就那样停在半空，皱眉看过来。

"谁让你进来的？"

我换了鞋，替他关好门。

"你啊，你不换密码不就是想让我进来吗？"

盛珉鸥不知是不是被我一言命中，沉默片刻，再开口时就此揭过不提。

"这么早来做什么？"他将咖啡杯放回托盘，瓷器相碰，发出一声脆响。

"我来问你考虑得怎么样了。"一路赶来也有些口渴，我脱去外套顺手搭在餐椅椅背上，举起那杯被盛珉鸥放下的咖啡就喝。

一口饮尽，苦涩难当。

"才过去一个晚上。"盛珉鸥眉梢微挑。

"我说让你考虑几天，昨天加今天都已经两天了，还不够吗？"我啧啧舌，实在去不掉口中苦味，"哥，你生命中实在缺少甜的东西，这样不好，很不好。"

我嫌弃地将杯子放回托盘，看到一旁有方糖，赶紧丢了粒到嘴里。

盛珉鸥靠着餐桌，双手交叉环胸，扫了一眼我："太甜我怕蛀牙。"说完他拿起桌上车钥匙，大步往门口走去。

我看着他走远，并不追去，只在他身后喊："路上小心！"

盛珉鸥顿时停住脚步回头看向我，眼里闪过一丝狐疑。

他一定在奇怪为何我不跟着他，毕竟以前我总是很乐意为他开车的。

"我要住下。"在他的注视下，我面不改色地拍了拍椅背道，"我家遭了贼，被翻了个底朝天，现在屋里一团乱，根本没法住人，而且……我也害怕。"

"遭了贼？"盛珉鸥眯起眼。

"就昨天晚上的事。"

"你这胆子还怕小偷？"

"不怕贼偷，就怕贼惦记啊。万一我在家的时候小偷又来偷东西，被我撞破他一不做、二不休谋财害命怎么办？"我朝盛珉鸥走近，替他正了正并不歪斜的领带，"哥，你忍心吗？"

"睡外面，不许进我房间。"他转身再次离去。

目的达成，我没再叫住他，等门一关上，在原地狂舞片刻以示庆祝，之后飞速进到他卧室。

今天是兴旺典当的休息日，不必去上班，我往整齐的床铺上一躺，卷着被子睡起回笼觉，完全不把他的话放心上。

## 第六十一章

昨晚发生的事一桩桩实在太刺激，我一晚没怎么睡好，早上又一大早就来找盛珉鸥，严重缺觉之下碰上他的床就直接被黏上了般，一觉竟然睡到了下午。

我起来点了个外卖，吃完了又接着睡，浑浑噩噩再睁眼，窗外天色已经全暗，看着竟然七八点了。

我仰躺在床垫上，望着黑暗缓了一下神，忽然听到外头传来电子门锁的开门声。

我静静竖起耳朵听着外面的动静。先是车钥匙落到玄关大理石上的磕碰声，再是浴缸注水的水声，最后是缓缓走向卧室的脚步声……

房门打开的一刹那，我闭上双眼，装作熟睡的模样。

脚步声在门外停顿片刻，又接着朝我来。

床垫微动，对方在我身侧坐了下来，好半天没有动作。

我等得着急，正想偷偷睁开缝隙看一眼，忽地脖颈被一只冰凉的手掌碰触。

也不知是我体温高一些，还是盛珉鸥体温低一些，有时候他的手总是让我觉得很凉，猛地贴上来，冻得我一激灵。

感觉到脖子上的手一点点收紧，我再不能装睡，只好睁开双眼，双手按在他腕上，讨好一笑。

昏暗的光线里，盛珉鸥上身只穿着件雪白的衬衫，解开了最上面的两粒扣子，露出一截苍白的锁骨。他屈起一条长腿侧坐在床垫上垂眸俯视我的样子，像极了正要入睡，却在床上发现大胆小贼的国王陛下。

"你猜猜我现在在想什么？"他俯下身，维持不远不近的距离，"嗯？"

我的手其实只是虚虚按在他腕上，并没有多用力。他松开我脖子，完全不受桎梏地又去捏我的双颊，还警告意味浓重地左右晃了晃。

在想什么？大概是在想……怎么弄死我吧。

盛珉鸥松开我，起身往门口走去："会按摩就过来，抵你的房费。"

这种时候别说按摩，他就是让我给他变个魔术，我都咬牙上了。

"按摩就够了吗？"

他走到门边，半回过头用眼尾瞥了我一眼，眸光也不冷冽，就是无端让人心颤。

撇撇嘴，我站起身做了几个深呼吸，跟上前去。

我过去时，盛珉鸥已经趴好，背对着我舒展双臂。

"这位先生，您想按哪里？"我轻轻走近，半跪在地垫上，开始自己的服务。

盛珉鸥闭着眼，吐出一个字："头。"

"好的，没问题。"

我挽起袖子，指尖轻柔地点上他太阳穴。

按了一会儿，我看他呼吸匀称绵长，以为他是睡着了，凑到他耳边道："先生，舒服吗？"

他脸往另一边偏了偏，缓缓睁开双眼，道："继续。"

按照他的吩咐，我继续按揉他的太阳穴，用指尖一点点施加力道。"哥，我技术好吧？

"你还有没有别的地方想按，我给你一起按按？"

盛珉鸥不再开口，我不走心地絮叨起来："三哥背上受过伤，我以前经常给他按背，他说我力道足，按着很舒服。"

不过后来沈小石加入进来，这活儿就交给他了，他个子虽小，力气倒是比我还大，经常按得魏狮直抽气。

"三哥？"盛珉鸥忽然出声。

"就是魏狮。"

盛珉鸥似乎回忆了一阵："哦，上次打人进派出所那个。"

"不是故意打的，误会一场误会一场，他人不错的。在里面时，我、他、沈小石，还有之前你见过的那个易大壮，我们一个监室的，关系最好。我出狱后，魏狮帮了我很多，让我管理典当，让沈小石给我打下手，我们几个一有什么事，他也总是不问缘由就帮忙……"

"所以你很感谢他。"他语调很慢，声音也很轻。

"那……"我一下刹住嘴，心中警铃大作，"呃……倒也没有特别特别感谢，就是觉得他是个好人。"

我听出他话里有些不对，急着想要寻求补救，给魏狮发出一张好人牌，但好像一切已经为时已晚。

"你帮魏狮按背，替沈小石擦眼泪，还为莫秋对抗罗峥云，朋友做到你这份儿上，别人怕都不好意思再说自己有朋友。"胳膊骤然被抓住，我不自觉抖了抖，就像被巨蟒一口咬住，"我今天很累，所以心情也很差。"

盛珉鸥回头看向我，眼眸一片黑沉："是，我会生气。你不知道我会有多生气。"

他两段话间突兀地断裂开来，好似没有什么必然联系。

我还没反应过来他的"生气"指的是什么，他一用力，将我推了出去。我一屁股坐到地上，尾椎骨都痛。

茫然中，我猛然想起来，昨天我用测谎仪问过他，我如果把别人当兄弟，他会不会生气。他那时只是简单地回答了一个"会"字，现在却是更直观地告诉我，他真的会很生气。

"哥……"我可怜兮兮地叫他。

"闭嘴。"盛珉鸥冷声道，"不准叫我。"

他完全不讲道理，可我又觉得他应该不至于这样不讲道理。

"哥。"所以我不怕死地又叫了他一声。

他面目霎时闪过一抹狠色，背过身，不想再理我。

我回顾了一下今晚与他的对话，检索了一圈敏感词，发现"三哥"是个开端。

以前我不敢想，所以许多事总是很难理解。但现在我可以尽情地想，盛珉鸥虽然大多时候感情非常淡漠，嫉妒心却一枝独秀，茂盛得很。

之前我被罗峥云下药，他在会所正好捡到我，救了我，事后一大堆借口，说我是自己求救的，他救我只是正好。现在想想，不是，都不是，他就是看了我手机里的视频，气得要炸。

我的弟弟只能我欺负。大概他心里是这样想的吧。

"因为，我叫了别人'哥哥'？"我来到他侧面，盯着他脸问道。

"我说了，闭嘴。"他蹙着眉道。


我不怕死地笑起来："我以后就叫你'哥'，绝对不做第二个人的弟弟，你看行吗？"

盛珉鸥闻言斜斜睨我一眼，半晌没说话。

我识趣地闭嘴，做了个"揉捏"的动作，代表问他要不要继续按摩。

盛珉鸥收回视线，道："继续。"

我迅速狗腿地上前。

"陆枫，我生气你是不是很高兴？我讨厌不受控的情绪，也讨厌你总是试探我的底线，不听我的话。"

我放轻呼吸，连按摩的力度都小心翼翼起来。

"没有，哥，你误会了……"

我还想解释，盛珉鸥不客气地打断我："陆枫，除了我以外，你如果再有第二个哥……"他微微偏过头来，表情不含一丝玩笑成分，"我就打断你的腿，让你瘫在床上一辈子。"

我不自觉咽了口唾沫，忙不迭地点头答应。

善嫉的人，只是一个称呼不再独一无二，就可以气到发狂。

曾几何时，我以为盛珉鸥不食人间烟火，是谪仙入世，不具凡俗情感，但原来他也只是个凡人。

还是个会为了不再是我唯一的"哥"而感到恼火的凡人。

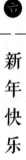

## 第六十二章

大清早醒来，远远听到洗手间传来水声，我抓着头发打了个大大的哈欠，从床上坐起身。

餐厅里，咖啡机冒出浓郁香味，盛珉鸥边系领带边从洗手间步出，见我醒了，只是淡淡扫过一眼，走到咖啡机前按下按钮，给自己倒了杯香浓的黑咖啡。

"我等会儿要去公司，你要是想搭我的车，给你十分钟打理自己。"他看了一眼手上腕表道。

十分钟？

我低头看了看自己的状态，硬着头皮道："行，你等会儿。"

昨晚我除了外套，其余衣物都丢进了洗衣机，就算要烘干一时半刻也没这么快。我只能从盛珉鸥的衣柜找自己能穿的，翻箱倒柜找到两件他可能当睡衣穿的白 T 恤，又将他过长的牛仔裤折起一点裤脚，再穿上自己那件牛仔外套，倒也挺搭。

外套口袋里沉甸甸的，我伸手一摸，摸出个快递盒。

既然是易大壮寄错的，我也就不去看里面装的什么，反正先替他放着，等他哪天找我来要就还给他。

我将快递盒往桌上一放，对盛珉鸥道："我好了，走吧。"

盛珉鸥不是好奇心重的人，放下咖啡杯，也不问快递盒里是什么，把西装搭在胳膊上，转身就往门口走。

我以为和从前一样，他不会回头，也不会等待。可没想到等我换好鞋出门一看，他人还立在电梯前。我轻轻带上门，他才按下电梯下行键，显然是在等我。

我走到他身边，与他并肩站立，忍不住像小时候那样偷偷去拉他的衣袖。

昨晚，我们应该算是"和好"了吧。

他一下避开了，什么也没说，换了只手搭衣服。

我撇撇嘴，没多作纠缠。电梯很快到了我们这一层，他先进去，转身见我还在原地，微挑眉梢，按住了开门键。

"你到底走不走？"

我冲他笑笑："哥，我好像在做梦啊。"

盛珉鸥一脸漠然地看着我，然后松开了按住电梯的手。

眼看电梯门要关，我心道不好，连忙一个蹿步跨进去。电梯门在我身后缓缓合上，我拍着胸口怨怪地叫了一声盛珉鸥："哥……"

盛珉鸥双手插兜，关注着楼层数字，并不看我。我站在他侧后方位置，看到他嘴角隐隐勾起一抹弧度。

恶劣。我默默腹诽，脸上却露出比方才还要愉悦的笑容。


我搭盛珉鸥的顺风车到了典当，到的时候有点晚，柳悦和沈小石已经在了。

沈小石坐在沙发上不知道和谁发消息，见我进来，抬头一句便是问我最近有没有易大壮的消息。

"大壮？上星期还打过电话，怎么，谁要找他？"我翻出手机通话记录查看，与易大壮的最后一条通话记录还停留在沈小石母亲庭审宣判那天，"他欠人钱了？"

"不是，三哥这两天在找他，想约个饭，但不知怎的一直打不通他手机。"

我试着拨了易大壮的手机号，发现也是处于关机状态。

"可能在跟明星，不方便接电话吧。"易大壮职业特殊，这几天说不准是在蛰伏取材，等哪天网上突然爆出大新闻，他兴许就又出现了。

不过，我现在更感兴趣的不是易大壮电话什么时候通，而是沈小石和魏狮目前到底什么状况。

我挤到沈小石身边，压低声音故作寻常道："你和三……魏狮和好了？"

沈小石手下不停，飞快打着字，也不看我，只是从鼻腔里哼出一声轻描淡写的"嗯"来。

怎么和好的，现在到底什么情况我也不敢细问，反正知道我们这四人组还能维系，不需要解散就行，其余的等他们想说了自然会说。

我和盛珉鸥说要住到他家，起先也是探他口风，没有真住的意思，替换衣物一件也没带。现在真要住了，总不能一直穿他的，晚上下了班我就想回去取几件衣服。

我发短信给盛珉鸥说了，坐地铁回了家。

我现在住的地方是老式小区，人员流动性强，又很杂乱，每到年底就要发生几起入室偷盗案。因此当我进了门，发现家里有被翻过的痕迹时，心中立时警铃大作。

我也真是乌鸦嘴，刚跟盛珉鸥扯谎说家里遭了贼就真的遭了贼。

"叫你再嘴贱。"我轻轻打了一下自己的嘴，掏出手机，站在凌乱的客厅中央正要报警，突然感到背后气流浮动，有什么靠了过来。

人还在屋子里没走！

脑海里才闪过这个念头，颈后猛地升起一阵剧痛，眼前骤然发黑，我努力撑着意识不散，却还是不受控制地倒向地面。

老天这是嫌我最近太意气风发，要设个坎儿给我历历劫？

不知道晕了多久，我迷迷糊糊地再睁开眼，眼前一片黑暗，身下是十分坚硬的地面，脖颈还隐隐作痛。我迷茫了片刻，很快想起昏迷前发生的事，惊得想要坐起身，却发现四肢都被牢牢捆绑，动弹不得。

什么意思？现在小偷偷盗不成，还带绑架的？

挣了挣，发现绑得极牢，一点松动痕迹也没有，我只好放弃，冷静下来观察起四周。

关我的屋子有一股木头的气息，我用手指摸了摸地上，粗糙得很，是砂石地。不远处有扇门，门外透来暖黄的灯光，还有隐隐人声。

我扭动着身体往那边挪了挪，将说话声听得更清晰了一点。

"你们抓他做什么？"一个男人语气急切道。

"我们找不到东西当然抓他，不是你急着要我不择手段地把东西找出来毁掉吗？"另一个男人声音粗哑地回道。

"你们做事有没有准数，一下失踪两个人，万一引起警察注意怎么办？我给你们那么多钱就是要把问题尽量低调地处理掉，你们现在反其道而行，是嫌我死得不够快吗？"

这时，另一个男人也插进了对话："话不要说得这么难听，现在大家都是一根绳上的蚂蚱，要死也是一起死。你放心，我们总归不可能自己找死的。"

第一个男人的声音不知道为什么，我听着觉得有点耳熟，但又怎么也想不起来在哪儿听过。

从对话里能听出他们是在找什么东西，可我这里能有什么他们要的东西？找典当物也该去翻典当的仓库，无缘无故到我家堵我做什么！

我怕他们突然进来，蠕动着身体又挪了回去。

这时，黑暗中忽地响起一阵窸窣声，我以为屋里还有他们同伙，整个人僵硬在那里。

"枫、枫哥，你醒了吗？"

易大壮虚弱的声音自幽暗的角落传来。

"大壮？"这个环境下与他重逢，我除了震惊，脑海里飞快闪过什么，被我一把抓住尾巴，渐渐厘清一点头绪。

门外男人说一下失踪两个人会引起警察注意，一个是我，另一个看来就是易大壮了。原来这些天他失踪不是在跟新闻，而是被人绑到了荒郊野外。

"到底怎么回事？"我往他那边一点点挪过去，压低声音问道。

易大壮不知道是受了伤还是很久没吃东西，声音有气无力的，粗糙得跟吞了砂纸一样。

"说来话长……枫哥，是我害了你，来生……来生我做牛做马再还你。"

现在正值夏末，天气还有些闷热，我闻到他身上有血液腐败的臭味，意识到他可能受了伤，语气更急："那就长话短说，你别生啊死的，还没到那一步。"

易大壮沉默半晌，叹口气道："我之前说自己在跟个大新闻，你还记得吧？"

"记得。"

"长话短说就是，我跟的这个大新闻……和……和美腾制药有关。之前帮你调查盛律师的时候，我认识了些美腾的研究员，后来从他们那边捕捉到一点蛛丝马迹，知道他们的新药可能有问题，根本还不能够上市……我花了半年，一路深挖，搜集了很多证据，包括他们临床数据造假的文件，还有一些绝密的资料原件，为了安全，将东西藏在了外面的保险柜，不放心，还把密码器寄给了你……"

"你蠢啊！"我忍不住骂道，"你寄这么重要的东西也不事先跟我通通气？"

易大壮声音更弱："这不是觉得……觉得你知道越多越危险嘛……我其实也有点感觉到被人跟踪了，但没想到萧蒙早就盯上了我，胆子还这么大，敢找人绑架我。这几天他们对我严刑逼供，要我交出文件，我没办法，只好告诉他们东西在保险柜里，密码器在你那儿……我以为他们最多翻翻屋子，把密码器偷出来，没想到他们连你也绑了。枫哥，对不起，真的对不起，你骂我吧……"

我听他都要哭了，就算心里有气这会儿也骂不出更重的话，一边观察着门外，一边头抵着墙面努力撑着坐起来。

"骂你有什么用？还不如省点力气想想怎么逃出去。你伤得怎么样？"

怪不得我会觉得外面的声音耳熟，可不就是萧蒙嘛。美腾这么大个公司，为了掩盖真相竟然连绑架偷盗这种下三烂的事都做了，萧随光女儿混账，侄子也不遑多让，真是家门不幸。这事有点微妙，他们大大方方绑人，目标明确，也没有要隐藏身份的意思，听那两个绑匪的语气，隐隐带着狠意，怕是不会轻易放了我们。

易大壮或许也是看出这一点，才会一个劲儿和我道歉。

因为他知道，我们可能根本不会活着离开这里。

"一点小伤，就是几天没怎么吃东西，浑身没力气，还渴……"易大壮说着剧烈咳嗽起来，没多久，门外传来脚步声。

我俩同时呼吸一紧，易大壮突兀地止住了咳嗽。我看向亮着光边的房门，就看到缝隙处黑影一闪而过。下一瞬，房门被人拉开，门外明亮的灯光照射进来，猝然见光，我双眼酸痛，不自觉微微眯起。

门口高大的身影朝这边走来，我警惕地绷紧了身体，斟酌着开口道："兄弟，有话好说，你们要钱还是要什么我都配合你们，别……"

"动手"两个字还没说出口，对方抓住我的头发，粗暴地将我掀到地上。我啃了一嘴泥，下唇被牙齿磕破道口子，嘴里弥漫起一股血腥味，晕头晕脑才刚仰起头，后领便被对方揪住，对方把我朝门外拖去。

"你们别碰我朋友，我都说了和他无关，你们有什么冲我来！我求你们了，你们别伤害他……"易大壮的声音惶恐至极，透着绝望，很快被门板阻隔，尽数锁在了小黑屋里。

## | 第六十三章 |

拖着我的男人身材高大，胳膊上肌肉鼓起，穿了件紧绷的白背心，胸口到脖子蔓延着黑色藤蔓一般的刺青。他将我重重地甩到椅子上，走到身后按住了我的肩。

"问你你再说，不问别瞎开口。"他不轻不重捏着我的肩膀，语气看似平静，实则透着浓浓威胁。

小黑屋外是间二十来平方米的屋子，木墙木顶，有一扇窗户，用报纸糊着，我看不到外面的情形，但能感觉到周围极静，能听到喧闹的蝉鸣与风吹树叶的簌簌声，其余车鸣人声一概不闻。

屋里不见萧蒙，一个穿着花衬衫，嘴里叼着香烟的中年男人走到我面前，吐着烟圈嗓音粗哑地问道："密码器在哪儿？"说话间，嘴角隐隐露出一颗金牙。

"什么密码器？"

我装作不懂，原想留一手，不想对方嗤笑一声，咬住烟，扬手便甩了我一巴掌。

耳朵嗡鸣，嘴里血味更重，我视线好半会儿才再次聚焦，就听眼前中年人阴恻恻道："你别敬酒不吃吃罚酒。"

颈边猛地被贴上来一样冰冷的事物，我整个人一激灵，心中陡然升起不妙的预感。目光下移，我便见自己脖颈命脉被一把黑沉的手枪顶住。

萧蒙到底哪里找来的这两个亡命之徒，竟然连枪都有！

我心下一沉，咽下满嘴血，扯着疼痛的嘴角道："在我哥那里。"中年人脸上露出满意的神情，我又飞快补上，"但他那儿是高档小区，到处都是监控，保安二十四小时巡逻，你们进不去的。两位不就是求财吗？没必要把事情搞那么大。我哥还不知道密码器的事，我打个电话给他，让他带着东西到指定地点交换，你们拿着密码器就去开保险柜，把里面东西毁了后，再将我和易大壮放了。大家都满意，皆大欢喜，怎么样？"

中年人沉思片刻，冷笑道："你倒是脑子转得快，才刚醒没几分钟，连我们接下去要做什么都计划好了。"

我冲他嘿嘿一笑："我就是这么建议，到底要怎么做还是看两位大哥的。"

说这些话时，我紧张得从发根开始出汗，汗一滴滴落进后领，沿着脊背，宛如蜘蛛的触角，一点点向下攀爬。

中年人夹着烟，盯着我看了一阵，抬抬手指，朝我身后的刺青大汉道："大龙，把家伙收起来。"

紧紧贴着我的金属疙瘩一下撤开，我闭了闭眼，凝住的一口气这才完全从胸腔吐出。

"小弟弟，你乖乖待着就好，别的不用你操心。"他仰头打量四周，"这儿静得很，不会有别人发现你们的。"

一股寒凉蹿上心头，对方的眼里杀气腾腾、恶意满满，我看出来了，这是杀人越货、谋财害命的主，绝非善茬儿。

"金牙哥，我看姓萧的对我们已经很不满了，事情再办不好，我怕他破罐子破摔干脆不把剩下的钱给我们。"绰号大龙的刺青大汉走到中年人面前，叉着腰道，"那我们就真的白忙活一场了，还冒这么大险。"

他后腰上随意地别着那把枪，整个枪管插进裤子里，我偷偷看了几眼，想看清那到底是不是真枪，却因为距离有点远，实在分辨不清。

金牙将烟蒂往地上一丢，伸脚踩灭："他敢。"他冷冷说着，给了大龙一个眼神，"把人丢回去。"

大龙转身揪住我衣襟，将我从椅子上拽起来，随后连拖带拽又给关到了小黑屋里。

手肘撞到地面，我吃痛地闷哼一声，木门缓缓合拢，身上被灯光照到的地方越来越窄，最终眼前恢复一片漆黑。

现在只能寄希望于盛瑉鸥发现我失踪了，跑到我家找我，看我家被打劫的样子，报警处理了。

但我怎么觉得……这希望堪称渺茫呢？

"枫哥，你怎么样？"易大壮在黑暗中着急地问我。

我用肩膀抵着地面撑坐起来，双脚配合屁股挪动，最终挪到他身边。

"他们有枪。"我小声道，"你见过没？"

易大壮道："见过，他们还打过一枪吓唬我。"

看来是真枪。

我的心一沉再沉，有些怕他们不管不顾拿着枪上门把盛瑉鸥给伤了。

这时，外头传来汽车引擎发动的声音，我看了一眼门口方向，能从门缝看到门外还有人走动，猜测是一个人去偷密码器，另一个人留着看守我们。

咬了咬牙，我决定不再坐以待毙，让易大壮背过身去，用嘴找到了他手上绳结的位置。

金牙他们用自带锁扣的PVC扎带捆绑我们，两手在身后交叠，掌心握着手肘，一共捆了三道，脚踝、膝盖、大腿全都捆上了，轻易难以挣脱。

"不行，咬不断……"我试了试用牙齿去磨扎带，发现根本磨不动，就算一点点靠毅力把三根都磨断，怕是天都要亮了。

我只好直起身，靠在墙上喘息道："他们一点隐瞒的意思都没有，大大咧咧露脸，还说出了萧蒙这个幕后金主，他们根本没想让我们活着回去，大壮。"

"枫哥，是我连累了你。"易大壮压抑多日的情绪终于爆发，说着说着呜呜哭起来，"我该死，我混账！"

耳边尽是他比鬼叫还难听的哭声，我没什么心情安慰他，满脑子都在想盛珉鸥和那个密码器。

我有些后悔说了实话，应该再拖延一下的，他们找不到密码器一天，便会留着我们一天，这样也会给旁人察觉我们失踪而报警提供充足时间。纵然要遭受一点毒打折磨，但也有很大的活命机会。不像如今，只能煎熬地等待消息，等待着悬在脖子上的屠刀什么时候骤然落下。

啧，我还是随机应变能力不足，被枪顶着就慌了神。

我懊恼地用后脑勺磕着墙面："易大壮，我死就死了，你是我朋友，老天既然促成我们这段孽缘，我不怪你。但……"我停顿片刻，语气阴沉道，"但我哥要是出什么事，我死了都能活过来咬死你，你信不信？"

易大壮身体明显地抖了抖，忙不迭道："信，我信！"


时间不知过去多久，直到小黑屋渐渐被光线填满，变得明亮起来，我才发现不远处的一面墙上也有一扇窗户，同样用报纸糊住，看不到外面，但是阳光能透过报纸透进来一些。

可能到了中午，屋外再次响起汽车引擎声，昨晚离开的那辆车又回来了。

我与易大壮对视一眼，蠕动着靠向两间屋子共用的那面墙，将耳朵贴了上去。

门开了又关，金牙的声音带着些烦躁："进不去。"

"摸到门了吗？"大龙问。

"门什么门，我连小区都没进去，那小子的哥哥也不出门，我等了半天都没见他出小区。"

"那怎么办？他不像那个狗仔失踪十天半个月都不会引人怀疑，我估计再晚点他哥就得报警了。"

金牙沉默一会儿，道："你去把人提出来。"

大龙再次将我提出小黑屋，这次金牙同意了我昨天的提议，让我打电话给盛珉鸥，告诉他有人来取快递，叫他将装着密码器的快递盒交给假扮成快递员的大龙，如果他问起我在哪儿，就骗他说自己在朋友家喝酒喝醉了。

"大龙那边确认无误，一个电话打给我，我立马就放了你们。"金牙大奸大恶的长相，偏偏露出一脸和善笑意，反差感叫人毛骨悚然。

"好，你把我电话给我。"

我知道他在骗人，却还是一口答应下来。

大龙从口袋里掏出我那台手机，拨通盛珉鸥的电话，放在眼前的桌上，开了免提。

我微微俯身，对着话筒。

电话通了，盛珉鸥如从前无数次一般，没有先开口，那头静悄悄的，不知道的还以为电话出了故障。

"哥，是我。"

"你在哪里？"

"我在……"我看了一眼一直注视着我的金牙，按照他的吩咐道，"我在三哥家，昨晚我和他喝多了，就睡在了他家。"

盛珉鸥沉默一会儿，半晌才与我确认："你睡在了魏狮家？"

他的声音十分轻柔，好似含着块棉花糖，但我知道这些只是错觉，没有棉花糖，只有猛烈的暴风雪。

我咽了口唾沫，让自己的声音尽可能自然。

"是。"大龙玩弄着他那把黑宝贝，往我身上瞎比画着，我知道这是他的威胁，言语更加小心谨慎，"哥，你桌上有个快递盒，下午会有人来取，你到时候给对方就好。"

"易大壮寄给你那个？"

"对，易大壮寄给我的。"

"里面是什么？"

大龙和金牙的视线同时射向我，他们在紧张。

"我……我不知道啊，他寄错了，我没打开过。"

"明白了。"

盛珉鸥挂了电话，大龙兴奋地搓了搓手，对金牙道："金牙哥，看来这事要成了！"

金牙脸上同样露出喜色，大手一挥，让大龙再次将我关了起来。

我的提示不知道盛珉鸥能不能领会到，他要是去找魏狮核实，就能知道我根本没在魏狮那儿，这里面必定有问题。

吐掉口中尘土，我打量着明亮起来的小黑屋，视线掠过鼻青脸肿的易大壮，落到地上一块不知名的生锈铁片上。

可能是农具上的，巴掌大，和泥土差不多颜色，掉在地上也没人注意，倒是便宜了我。

手指夹住铁片，我对易大壮道："我就是等会儿割到你肉，你也得给我忍住了，知道吗？"

易大壮看了看我，又看了看我手里的铁片，最后诚惶诚恐地用力点了点头。

## 第六十四章

铁片不知道锈了多少年，比木头还钝，也就比我自己的牙好用那么一点。我背对着易大壮，因为看不到他手上扎带具体的位置，割得满头大汗，却也收效甚微。

"枫哥，这样不是办法啊，万一割到一半外面进来了人怎么办？"易大壮不知道被我割到哪里，"咝"的一声，倒抽了口气。

"左右都是死，只能博一下了。"我手指不停地出汗，沾到铁片上，铁片都变得滑腻起来。

来回割锯的动作不知进行了多久，突然门外传来脚步声，我一下停了动作，将铁片塞到易大壮身后。

中年人拿着我的手机走过来，不断震颤的屏幕上显示"哥哥"来电。

"不要乱说话。"他警告我，先后按下免提键与接通键。

对方腰上别着一把黑鞘匕首，我要是能拿到，必定能轻松割开手脚上的扎带，可惜……

我舔了舔干涩的上唇，开口道："哥，怎么了？"

电话那头十分安静，没有任何杂音，我狐疑地看了一眼金牙，他也满脸不解，又等了片刻，拿起手机就要挂断。

"放了我弟弟，你们要的东西在我手上，我可以用它交换。"盛珉鸥的声音不急不缓自手机里传出，金牙眼眸陡然睁大，难以置信地检查着手机，似乎怀疑我的手机上装了窃听器。

"我知道你们绑了我弟弟，还绑了易大壮。快递盒里的是万利银行保险柜的密码器，就在刚刚，我已经把东西从银行取了出来。放心，我不会报警，也不关心别人的死活，给我一个地址，我会亲自带着东西去换我弟弟。"

金牙牢牢握着手机，闻言眯细了眼，眼尾微微抽动。

时间一分一秒过去，盛珉鸥没有再说话，给予金牙充足时间考虑。

金牙犹豫片刻，终于开口，语气森冷："保险柜里的东西是不能见人的，既然已经被你取出来，我的雇主必定不会再付尾款，这笔买卖就算砸了。等着替你弟弟收尸吧。"

我心头一紧，屏着呼吸正要拼死反抗，好求得一线生机，电话里盛珉鸥又开口了。

"我也可以给你钱。现金，不连号旧钞，一百万元，怎么样？"

金牙挂断电话的动作顿了顿，金钱的诱惑如此大，萧蒙的那些钱他不知道还能不能要到，但这笔一百万元，却像是天上掉下来的，叫人十分心动。

他抵御着这种诱惑，面目都有些狰狞，用力攥着手机，看得出在挣扎，最后却还是失败了。

"今晚交易，过时不候。"不等盛珉鸥回答，他这次果断地挂断了通话。

金牙盯着手机，面色不善，本来一件简简单单的差事，如今出了这么多纰漏，换谁也高兴不起来。

他阴鸷的目光突然投过来，我绷紧了身体，大感不妙，下一秒便被一脚踹中胸口，狠狠撞到了身后的墙上。

胸骨剧痛，我不受控制地剧烈咳嗽起来，金牙没有停脚，更多的踢踹落到我的身上。

"晦气！晦气！！"

我蜷缩起身体，咬着牙默默忍耐，易大壮扑上来用身体挡住金牙的部分踢踹，嘴里不住求饶，要对方大人有大量，不要动气，不要和我们一般见识。

等终于出够了气，金牙这才收脚，解开衬衫扣子，敞着衣襟，大摇大摆走了出去。


"这畜生……"易大壮挪开身体，往地上吐了口血沫。

胸口钝痛不已，不知道胸骨是不是裂了，我闷咳几声，重新捡起那块铁片，示意易大壮转过去。

"继续。"

"咦？"易大壮惊疑得脸上表情都空白了一瞬，"断、断了？"

我一看他胳膊上系的扎带，之前被我磨了半天的那根，果然是断了。应该是他刚才扑过来的动作比较大，一下子给绷断的。

我心情稍稍明朗一些，道："来，继续磨，努力把剩下的全磨断。"

易大壮拦住我："不不不，枫哥，我战力有限，跑得也慢，生的希望还是留给你吧。你把铁片给我，我现在一只手自由了，磨得也快点，争取一个小时内给你全磨断，你……你从窗户翻出去，别回头，一直跑，一定能跑掉的。"

易大壮这家伙，坑是坑了点，但还算讲义气。他说得不无道理，我战力的确比他强，万一金牙他们突然进来下黑手，我先得了自由，还有一搏之力。

"行了，演苦情片呢，还一直跑别回头？你给我快点割，别废话。"现在不是谦让的时候，我也就不和他客气了。

铁片易主，易大壮卖力割着我手上的扎带，速度比我快上不止一倍。

"枫哥，盛律师骗他们的，他根本没拿到保险柜里的东西。"易大壮侧转过脑袋，小声道，"以防万一，我加购了一个虹膜验证服务，要密码器和我的虹膜双重验证成功柜子才会开。我一直没告诉他们，就是想着最后哪怕死了也不能让他们拿到柜子里的东西。我易大壮虽然是娱记，但也有记者的尊严，公布真相是每个新闻工作者的使命，我绝不屈服于恶势力。"

我微微愣神，这么说盛珉鸥是唬他们的？他根本没有拿到柜子里的文件，从头到尾他就是想用那一百万元换我而已？

"他们不会放过我们的……"从金牙方才那阴狠的眼神就能看出来，他根本不打算放过任何一个人，他会在拿到钱后杀死我们所有人，包括盛珉鸥。

"我也这么觉得。"易大壮点头道，"他们有枪，只要一枪，我们就都死啦。"

气氛一下变得更为凝滞，我和易大壮同时陷入沉默，整个空间只余铁片割着扎带的细微摩擦声。

易大壮割了整整一下午才将三条扎带全部割断，最后一条扎带被割断后，我兴奋地抓握着因为血液不流通显得有些僵硬的双手，从易大壮手里接过铁片，准备去割腿上那三根扎带。

因为怕金牙他们突然进来，我每一根都割得很小心，并不完全割断。

其间，天色逐渐暗了下来，视野极差，我们所处的空间再次恢复成没有一丝光亮的小黑屋。

在第三根也要被我割得差不多的时候，门外又有了动静，我赶忙把铁片藏起来，将手背到身后。

刺青大汉走进来，从腰间抽出一把匕首，朝我们逼近。

我以为他要行凶，正蓄势待发，打算一跃而起和他拼命，他却在我面前蹲下，一刀刀将我脚上的扎带割断。

"你哥来了。"他收起匕首，从裤兜里摸出一团布强硬地塞进我嘴里，之后站起身冷睨着我道，"起来吧，还要我扶你不成？"

我心里盘算着在这里把人扑倒抢枪的可能性，结果对方一转身，后腰空空如也，那把枪竟不在他身上。

情况未明，暂时还出不了底牌，我只能再作打算。

我艰难地站起身，腿脚因为捆绑得久了，最初几步走得有些跌跌撞撞。

大龙嫌我慢，抓着我的胳膊粗鲁地扯向门外，我们出了小黑屋，又出了外面那间屋子，到了室外。

这两人也不知是怎么找的地方，这儿看着像是山里，四周草木茂盛，乌漆墨黑，关押我们的地方是座简陋的小木屋，外面堆着柴火和瓶瓶罐罐之类的杂物，有生活气息，却似乎很久没人住过。

大龙用匕首抵着我脖子，带着我往前走了几步。

一辆陌生的吉普开着大灯，照着来路，灯光里站着个高大的身影，脚边靠着一个24英寸行李箱。

我适应了一会儿光线才看清那是盛珉鸥，而他也察觉到了我的到来，眯着眼，用手挡住刺目的灯光，拖着行李箱往我这边走了两步。

"别过来了。"

刚刚我一心只关注盛珉鸥，竟忽略了车边还有一个人。

金牙靠在车门上，双手环胸，后腰明晃晃插着那把我遍寻不到的枪。

行了，稳了，二对二，鉴于盛珉鸥一个顶俩的身手，这局胜率过半。

"把箱子打开。"金牙命令道。

盛珉鸥没有说什么，将黑色行李箱放倒，解开锁扣。箱盖打开的一瞬间，金牙和我身旁的大龙都不由自主伸长脖子往箱子里看去。

"一百万元……"金牙忍不住往前迈了一步。

也就是此时，风里忽地传来紧连在一起的两声细微的"噗噗"声，我脖子上的匕首应声落地，肩膀被倒下的大龙撞到，我脚下趔趄两步，余光里，金牙捂住不断流血的耳朵，回身迅猛地朝我扑来。

"好，敢报警！"金牙拔出身后的枪，"那大家都别想活！"

大龙眉心一个红色小洞，倒在地上，半睁着眼睛，已经没了气息。我很快反应过来，盛珉鸥应该是报了警，周围早已埋伏上狙击手，只等两名绑匪现身一网打尽，可惜差点儿运气，终究没能将金牙一击毙命。

但没事，差的那点儿运气，我这边补上。

我拔出嘴里的布，暗骂一声迎上去。

"砰！"

金牙枪响的同时，我气势如虹地一拳砸到他脸上。

我也算勤练基本功的人，一拳下去威力不小，金牙立时痛苦地呜咽一声，鼻血长流。

我正想再补一脚，就见金牙突兀地往前一扑，盛珉鸥出现在他身后，用膝盖顶住他的腰，抓住他的手臂，毫不留情地往后一折，只听金牙一声惨叫，手不自然地歪在地上，枪也落到一边。

看到金牙被制服，我一直绷着的神经松懈下来，一屁股坐到地上，我大口喘起气。

四周陆陆续续响起不断围拢来的密集脚步声与人声，手电筒的光一束束在林间交织。

"哥，还好你听懂我的暗示了……"紧张久了，一下子放松下来人就觉得有点累。

盛珉鸥一只手牢牢按住金牙后颈，闻言抬头看过来，视线投到我身上时，向来冷漠的表情变得有些奇怪。

就好像……茫然于不知道发生了什么，所以显得十分无措。

"怎么了？"我以为他露出这样的表情是因为我脸上的伤，还想多说两句逗他开心，身体却无端颤抖起来。

危险过去，肾上腺素水平回降，痛觉紧随而至。

我低头看向自己的小腹，盛珉鸥的白色 T 恤上已经晕开一大团血迹，并且还有不断扩散的迹象。

今晚我的运气似乎也缺一点，电影里男主角枪林弹雨也不会中枪，到我这儿随随便便一枪竟然就中了。

我又看向盛珉鸥，将自己的手伸给他，也不知道为什么，就想对他笑。

"哥……"

视线逐渐模糊，盛珉鸥愣怔片刻，一把握住我的手，来到我身边，让我靠在他怀里。

"别怕，我在这里……我在这里……"

失去意识前的最后一刻，盛珉鸥不断在我耳边重复这句话，让我就算陷入黑暗也无比安心。

其实我想对他说，我没有怕，有他在我就不会害怕。

## | 第六十五章 |

我爸这个人，用现在的话来说，其实是个思想开明的"文艺咖"。性格和善有趣，同朋友、家人相处愉快，闲暇时，会在家泡上一壶茶，看喜欢的作者的书。

他一直告诉我们，看书能开阔眼界，看书能获得知识，没有什么投资是比阅读付出更少，收获更多的了。

在我和盛珉鸥还小的时候，他总喜欢在睡前给我们读上一两篇他喜欢的文章，来抒发他无处发泄的朗诵欲。

他十分喜欢博尔赫斯的小说集，尤其喜欢里面一篇《事犹未了》，经常反复念叨他觉得精妙绝伦的段落。

"自打我有认知与认识的那天起，我就接受了那些所谓丑陋的东西，其实世界上本来就有许多格格不入的事物，为了共存而不得不相互接受。"

我想，也正因为他将这些句子奉为圭臬，才会觉得盛珉鸥的"与众不同"并不是什么值得大惊小怪的事。这世上本就有各种各样的人存在，有善良的，便有邪恶的，有无私的，便有自私的，没有哪种性格是绝对正确与完美的，所谓"完美"，也不过是合了大多数人的群罢了。

这么多年来，虽说不可能一字不差，但这篇文章的情节却如刀刻斧凿一般，深深印在我的脑海里。

可能与出身哲学专业有关，博尔赫斯的文章经常充满了哲学主义的探讨，对死亡与时间，他也有自己独特的看法。

跟我爸不同，我喜欢《事犹未了》里开头的一段，主人公在得知自己叔叔去世后发出的感慨："我当时的感觉同人们失去亲人时的感觉一样：追悔没有趁他们在世时待他们更好些，现在悲痛也没用了。人们往往忘记只有死去的人才能和死人交谈。"

生命易逝，特别是在我爸去世后，这段读来更叫人唏嘘。人们应该在亲人活着时尽可能地对他们好，当他们去世后，无论是烧纸还是祭拜，都不过是在给自己找心理安慰而已。

对于博尔赫斯的观点，我一直深以为然。

因此当我醒过神，猛然发现自己身处十多年前的家中，空气中弥漫着可口的饭香，我爸坐在沙发上看报纸，我妈在厨房忙碌，一切和谐无比，脑海里不禁回荡起易大壮那句乌鸦嘴般的话——我真的被一枪打死啦？

我将脸埋进双手间，手肘撑住膝盖，整个人凌乱不已。

好歹让我留个遗言啊，一枪毙命是什么惨绝人寰的死法？我三十岁都不到呢，这算夭折吧？

我死了盛珉鸥怎么办？他、他……他大概也不会难受太久。

这样想着，我的脊背一下更佝偻了，心中同时又升起一抹安慰。

我既难过于他不会为我的死悲伤多久，又欣慰于他可以很快回到正轨，继续按部就班地度过余生。

这种时候，他的性格缺陷反而成了他幸运的地方。

"小枫，最近你怎么样？"

听到这久违的声音，我浑身一激灵，抬头愣怔地看向沙发上的中年男人。

我爸去世时才四十多岁，可能死后的世界时间再无意义，他看起来仍旧一如从前，并未随着现实岁月流逝而变得苍老。

"爸……"

他翻阅着报纸，好像只是父子间寻常的随口一问，却叫我瞬间眼眶发热，声音都颤抖。

很多次我做梦，梦里也是和我爸像这样坐着，聊一些家长里短，分析一下时事新闻，做着现实中我们再也不可能一起做的事。

"我很好。身体好，工作也好，最近……最近还胖了点。"

"那就好。"我爸又翻过一页报纸，"你哥呢？"

"他也很好，他现在是律师了。你要他做的事，他都有好好在完成。你放心，他没有向欲望屈服，他一直站在光明处。"

我爸举着报纸嘿嘿一笑："我就知道他小子能行。"

我也跟着他笑，结果没笑多久，我爸忽然放下报纸，一脸严肃地看过来。

"你的事，你妈跟我说了。"

我笑容一下僵住，跟小时候做错了事一样，忍不住用掌心不住地揉搓着膝盖，视线游移，不敢看他。

"我不会批评你，因为事情已经过去，多说无益，人总是要向未来看。"

我盯着地面："对不起，我让你们失望了。"

耳边传来叹息声。

"说什么傻话。"头顶忽地被一只温暖的大手抚摩，那是记忆中父亲的温度，"你从未让我们失望过。你很好，你哥哥很好，你们都很好。"

我微微怔忡，继而鼻头一酸，眼前模糊起来。

想不到我这辈子没做什么好事，死后竟然还能上天堂。

"虽然我还有很多话要和你说，但现在仍不到一家团聚的时候。就不留你吃饭了，快走吧。"

大手挪开，我茫然地抬头，我爸趿拉着拖鞋跑到厨房门口，冲着我妈的背影道："孩子他妈，小枫要走了，你真的不和他说点什么吗？"

我妈切菜的动作一顿，她背对着我摆了摆手："没有没有，让他快滚。"

这语气这姿势，是我妈没错了。

我站起身，朝她走过去，最终停在厨房门口，望着她的背影道："妈，你还生我的气吗？"

"气什么气，死都死了，还有什么好计较的。"我妈利落地切着菜，始终没有回头，"你是我自己生自己养的，盛珉鸥虽然不是我生的，也是我养的，你们会这样，也是我教育失败，我认了。"

"妈……"

我想走得更近一些，不远处的房门却在此时像是被飓风刮过般突然开了。

"你妈就是嘴硬心软，你要做什么她哪次没同意？"我爸拽着我的胳膊往大门口直直走去，到门厅时，让我背对着门，将我从下到上又打量一遍，最后不舍地轻轻一推，把我推出了门，"走吧，事犹未了，时候未到，再不走就回不去了。"

我踉跄着倒退出门，下一秒整个人向着黑暗下坠，泛着朦胧白光，记忆中属于"家"的那扇门在我眼前缓缓合上，随后消失于黑暗的尽头。

可怕的失重感让我惊叫出声，我挥舞着四肢想要抓住点什么，可周围一片黑暗，我好似被吸进了巨大的黑洞，只有不断拉拽着我的引力，其他东西，哪怕光也消失不见。


就这样仿佛下坠了几天几夜，毫无预兆地，我看到了除了黑以外的色彩。

白色的建筑，行走的路人，闪着灯的救护车，坚硬的地面……

我还没来得及为重回人间欣喜，就因骤然拉近的地面惊得眼眸大睁，嘴里不住叫着"停"，却还是难以阻止重重砸向地面的命运。

一下摔在地上，预感中的疼痛并未出现，甚至一点声音也没发出。

我趴了会儿，没觉得疼，迷茫地从地上爬起来，拍了拍自己的衣服。

走廊尽头步履匆匆走来两个人，一老一少，老的发鬓生霜，少的娇艳动人，正是萧随光与萧沫雨。

萧沫雨搀扶着父亲，脸上少有地露出凝重表情，高跟鞋在大理石地砖上踩出规律的"嗒嗒"声。

"萧先生……"我还想和他们打招呼，手都抬起来了，他们却好像根本没看到我一样，径自穿过我，往我身后走去。

我连忙按住自己的胸口，发现那里没有任何跳动，我没有心跳！

"我这是……什么？"

我转过身，往萧随光他们前行的方向望去，第一眼便看到了手术室门口的盛珉鸥。

他穿的仍然是那套染血的衣服，白色的衬衫上血迹斑驳。他站在那里，仰头盯着门上方红色的"手术中"三个字，明明身材高大伟岸，不该给人弱小的印象，却不知是因为他有别于寻常的狼狈，还是因为他从背影就能感受到的疲惫，让我好像看到了一个迷路的小男孩。

他好想回家啊，可下一趟公交带他回家的概率只有一半，他也许会回家，也许会去到离家更远的地方。所以他又期待，又害怕，同时还有点懊恼自己怎么会迷路。

"小盛……"萧随光在盛珉鸥身后站住。

盛珉鸥听到声音，半转过身看向他，脸上没有什么表情，一双眼又沉又黑。

萧随光抿了抿唇，挣脱女儿的搀扶，冲盛珉鸥半弯下腰，鞠了一躬："我没想到会发生这样的事，实在很对不起。"

"爸！"萧沫雨上前再次将她父亲扶住，"你又不知道萧蒙做的这些事，怎么能怪你？"

萧随光没有理她，仍旧直视着盛珉鸥道："你放心，令弟的医药费以及后续赔偿，我都会承担……"

萧随光一再保证自己绝对会负责到底，不会推卸责任，盛珉鸥只是看着他，没有出言安慰，更没有接话。他一副拒绝沟通的样子，叫萧随光有些尴尬，渐渐便停了话头。

盛珉鸥这时却开口了："如果我弟弟死了，萧蒙也必须死。"

萧随光不知是不是被吓住了，微微张着嘴，一时没反应过来，一旁的萧沫雨却十分气恼。

"盛珉鸥，你什么态度！有冤报冤、有仇报仇，我爸这是替萧蒙擦烂屁股，我们也是受害者，现在外头还一堆破事等着我们处理呢，你有气别冲我们撒！"

盛珉鸥转过身，不再搭理他们。

"你！"萧沫雨怒视他的背影，还想继续说，瞥到门上方亮着红灯的手术室，忍了忍，把话又咽了回去。

"爸，我们走吧，人家应该也不想我们待在这儿。"说着，萧沫雨扶着萧随光转身离去，高跟鞋踩得比来时更重、更响。


一只手和一只脚都绑上石膏的易大壮由沈小石搀扶着到了手术室门外，身后跟着拿着一堆票据、片子的魏狮。

三人本来还说着话，到手术室门外时，自动放轻了动作。小石扶易大壮在长椅上坐下，自己倚到墙边，环着胸，陷入安静的等待。

魏狮与盛珉鸥一道站了一会儿，没多久就开始烦躁地来回踱步。

"都好几个小时了，怎么还没好……"他长眉紧紧皱着，双手背在身后，"以前在里面有个假道士给陆枫算过，说他三十岁前有个坎，过了就能无病无灾到一百岁，还给了化解法……我看他有点门道，挺灵验，这次陆枫一定能没事，然后顺顺利利长命百岁。"

他这么一说我记起来了，是有个假道士，因非法传销进去的，给我们几个都算过。他说魏狮的有缘人远在天边近在眼前，说完还给飞了个眼神，魏狮以为他在暗示什么，恶心地暴揍了他一顿。

看来他是冤枉人家了。

也不知道是不是真这么灵验，魏狮刚念叨完，手术室门上方的红灯一灭，没多久门就开了，主刀医生摘下口罩走出来，立时被魏狮与沈小石焦急围住。

"医生，怎么样？"

"人、人没事吧？"

医生一笑："放心，手术很顺利，不过人还需要在ICU观察几天。"

他话音刚落，手术室门再次被推开，"我"插着氧气管，身上盖得严严实实的，由医护人员推了出来。

这小脸，白得吓人。担架床经过我面前时，我看了一眼床上的自己，"啧"了一声摇了摇头。

"等等我、等等我，我也一起！"

易大壮勉强站起身，一蹦一跳跟着担架床走了一段，被沈小石一把架住跟了上去。魏狮详尽地问着医护人员接下来的注意事项以及术后恢复事宜，也跟着走了，只有盛珉鸥站在原地一动不动。

我立在他身旁，想碰他，手却从他身体里穿过。

"怎么了？我活着出来了你还不高兴啊？"我轻轻点了点他脸颊。

盛珉鸥当然听不到我的话，他抬起手，看了一眼上面已经凝固的血迹，四下搜寻片刻，朝着洗手间走去。

我好奇地跟在他身后，见他进到男厕，停在了洗手池前。

他开始一遍遍洗手，用肥皂搓洗，连着袖口的血渍一起，湿了大片衣袖。直到手指发白，皮肤皱起，他仍然没有停止这种行为。

洗一遍两遍可以理解，十几二十遍就有点过了吧？再洗下去手都要烂了。

"哥，好了，你别洗了！"我在他耳边大喊着，徒劳地阻止他这近乎自虐的行为。

又过了五分钟，医院的肥皂都被他洗瘦了一圈，盛珉鸥突然停下了动作。只是我还没来得及高兴，就见他面色苍白地冲进隔间，跪在马桶前干呕起来。

我慌了神，刚想跟过去查看，一股巨大的吸力将我吸离他身边。周围景物飞速倒退着，我很快又失去了意识。

| 第六十六章 |

我是被窗外持续不断的鸟鸣吵醒的。睁开眼一看，天蒙蒙亮，早上七八点的样子，我躺在病床上，四周别无他人。

耳边是规律的机器嗡鸣声，我抬起手看了一眼上面的夹子和针头，又给放下了。双唇很干，身上很热，我想掀被子，刚一动，左腹一阵剧痛，差点儿没叫我两眼一翻再晕过去。

我皱着眉，彻底不敢动了。这时，病房里洗手间的门开了，盛珉鸥擦着手从里面出来，本是低着头往我这边走，走到一半可能感受到我灼热的目光，倏地定住脚步抬头看过来。

四目相对，视线交缠，谁也没有开口，就这样安静地看着彼此。

我也不知道晕了几天，盛珉鸥虽衣着整洁，脸色却跟三天三夜没睡了一样，看起来很差。

"哥……"我声音沙哑得只是吐出一个字就艰难无比，想坐起来，偏偏浑身无力没有办法。

盛珉鸥被我叫得清醒过来，好似停摆的齿轮再次运转，他重新抬脚走向病床这边。

他在床边坐下，擦拭双手的那条帕子被他毫不在意地丢到床头柜上。

"你已经睡了三天，昨天夜里刚从 ICU 转到普通病房。"他看一眼我身上掀开的被子，捏着被角又替我盖上，"没什么大碍，就是割掉一截肠子，有些发烧而已。"

听他用这么平淡的语气说出我只是"割掉一截肠子"，我有种自己受的不是枪伤，而是割了个阑尾的错觉。

他的手从我面前划过，鼻端嗅到上面淡淡消毒水的气味，我目光追随着他的双手，发现他指甲边缘十分毛糙，蜕皮蜕得很厉害。

明明我上次看到的时候，这双手还漂亮得很，除了握笔磨出来的茧子，十根手指头没有任何瑕疵。怎么我才睡了一觉起来，这手就被他糟蹋成这样了？没来由地，我心里升起一抹刺痛，连自己也说不清为何突然关注起这样小一件事。

盛珉鸥可能感觉到我的视线，替我盖好被子后便收回手，将双手放到了我看不到的地方。

人清醒了，身体的感知便也跟着慢慢复苏。伴随着每次呼吸，伤口处都会传来灼灼疼痛，让我每一次呼吸都变得小心翼翼。

"哥，我口渴。"

我问盛珉鸥要水喝，他拿起一旁的塑料杯，用棉签蘸了点里面的水，涂在我的双唇上。我嫌不够，伸手要去抢盛珉鸥手里的杯子喝个痛快，被他一把避让开，并不给我碰到。

"你做的是小肠切除术，这几天都要禁食禁水。"他完全不顾我渴求的目光，将杯子放回了原位。

我拉下脸："那我渴怎么办？我热得都要干了。"

盛珉鸥调节了一下补液的速度，面不改色吐出两个字："忍着。"

啧，我怎么会以为我中个枪受个伤，生死边缘走一遭，盛珉鸥就会对我百依百顺？

默默叹了口气，品了品唇上剩余那点湿润，我突然想起还有个易大壮生死不知，忙问盛珉鸥易大壮是不是还活着。

"比你活得好。"盛珉鸥冷冷道。

我听出他语气有点不对，似乎很不待见易大壮，忙转移话题：

"我好像见到爸爸妈妈他们了……"

话一出口，气氛更不对了。盛珉鸥脸上明明没什么表情，我却能感觉到他很不开心，心情直线下坠地烦躁。

"可能就是做了个梦。"我讪讪补上一句。

盛珉鸥眉心微微蹙起，没有再说话。

我发着烧，伤口还隐隐作痛，睁眼说了两句话，我就又有些累了。我闭上眼，正打算再睡会儿，就听盛珉鸥缓缓道："从小到大，我总是很轻松就能学会别人努力半天才能学会的东西。只要我想做，无论是考上名校还是成为精英，对我来说都不是难事。你可以说我傲慢，也可以说我自负，我从不把任何人放在眼里……"

我睁开眼，没有打断，静静听他说完。

"我精确地规划自己的人生，计算着自己的未来，自以为算无遗漏，却屡屡在你这里败北。对你，我十年前算不准，十年后也算不准……"他看着我说，"你让我觉得自己很没有用。"

这话到底是怪我还是怪他自己呢？我也吃不准，便半开玩笑道："我之前在里面被个假道士算过命，倒是很准。他说我三十岁前还有个坎，过了就能无病无灾活到老。我看再没比这次更大的坎了，应该今后都能一帆风顺，不会再让你尝到失败的滋味了。"

他牵动唇角，似乎是笑了一下。

下一瞬，他抬手遮住我的双眼，微凉的掌心带着香皂与消毒水的气息，质感稍稍有些粗糙。

"睡吧。"

脸上很热，甚至称得上滚烫，他的体温正好，让我觉得非常舒适。我听话地闭上眼，很快又睡了过去。


我在医院一住就是半个多月，由于伤口得静养为主，吃穿坐卧都要人帮忙，其间自然不可能只是盛珉鸥照顾我，毕竟他也要休息也有工作。

沈小石与魏狮轮流往我和易大壮的病房跑，忙得晕头转向，店都顾不过来，直言提前感受了一下年迈父母双双住院是个什么滋味。

我做了肠切除，得吃一阵流食，沈小石妈妈知道我的情况后，给我煲了不少粥，每隔几天就会来看看我。

一阵子不见，她就跟变了个人似的，精神好了，面色红润了，与沈小石住一起，母子相处得也很融洽。

我在医院无聊，她在家也无聊，两个无聊的人聚到一处，倒也正好。

我出了事，住了院，受了伤，前后虽然不到 24 小时，但情节跌宕起伏，剧情曲折离奇，又因为最近还成为了社会热点，每每有人来探病，我都要口沫横飞说上老半天。

柳悦来了说一遍，吴伊他们组团来了说一遍，连不知道怎么得到消息的莫秋赶来看我，我也要跟他说一遍。

后来易大壮拄着拐，抱着笔记本电脑来找我，往床边一坐，打开电脑身残志坚地用一只手敲打键盘，让我跟他复述一遍。

"你不也在那儿吗？"我不解道，"你是有个孪生兄弟还是怎么的？"

"没没没，我是在那儿，但我没有你会说啊。"易大壮笑笑，"三哥他们都说你的故事十分动人，高潮迭起，荡气回肠，有血有泪，情节紧凑，我就想着可以用现成的，也懒得我自己想了。"

萧蒙事败，被请去喝茶。易大壮将自己搜集到的证据公之于众，向大众表明美腾新研发的抗过敏药存在缺陷，临床数据造假等问题。美腾制药一日之内股票断崖式大跌，不得不紧急申请停牌，未来能不能挺过去还未可知。

这些天我听说不少人想要采访他跟他约稿，连之前报道过沈小石母亲一案的纸媒主编柯雪子都想认识他，但全被他拒绝了。

"我自己就能写，干吗便宜别人？"易大壮靠着惊人的毅力与决心，用五根手指，敲打出了一篇篇新闻稿，放到自己社交账号连载，两天就涨到了百万粉。

沈小石也关注了他的社交账号，对他新闻事件都能整成连载故事会的行为大为赞叹，直言他真是个运营鬼才。

等到外面的伤口差不多愈合，能下地走路了，医生让我办了出院手续。

盛珉鸥开着车来接我，将我接到了他的公寓。

一进门我就愣住了，他客厅里大大小小堆着许多纸箱子，将原本空旷整洁的客厅挤得满满当当。

"这是……"我捂着伤口，走路仍旧小心翼翼。每个箱子上都写着字，"衣服""杂物""日用品"，似乎是打包搬家用的纸箱。

"你的东西。"盛珉鸥语气平淡，边脱外套边往卧室走去，仿佛这一地纸箱完全不值得我大惊小怪。

我蒙了片刻，追着他到了卧室。

"你把我的东西全都打包搬来了？"

他将西装随手丢到一旁，又去解自己的领带，闻言扫我一眼："有问题吗？"

没问题没问题，怎么会有问题。

我忙不迭地摇了摇头。

"没有，搬得好，搬得太好了！"

盛珉鸥将领带同样丢到地上，接着松开衬衫最上方的两粒扣子与双袖的袖扣，在床垫上坐下。

"我有点累，我已经很久没这么累了。"他缓缓倒在枕头上，正对着我，一双眼闭起。

我走到他身边，俯身替他拉上被子。他毫无所觉般，眼睛睁都没睁一下，似乎只是一句话的工夫便陷入了沉睡。

看来真是累了……

给他盖好被子，我正要起身，那个我以为已经熟睡的人却忽然开了口。

"你之前问我，你死了我会不会伤心——我不会，人都有一死，没什么可伤心的。"

他就是这样的性格，我早就习惯，倒是没觉得伤心。

"知道……"

"但我会很愤怒。"他接着说，"我还活着，你怎么敢死？我一直忍受着这个无趣的世界，所以你也必须陪我一起忍受。"

我住院期间，他一直表现得很平静，哪怕方才进门，他也一如寻常，只是稍显疲惫。我以为他至多就是这样了，不会再有更多的情感流露。

但好像我错了。

他不是平静，他只是"看起来"平静。

## | 第六十七章 |

听了他的话，我简直哭笑不得。我对陪他一起忍受这个世界没有异议，但把劫后余生的剖白说得跟胁迫一样，他也是独一份了。

纵然知道他或许没这意思，可我还是觉得，刚刚那番话可以直接当成他的宣言。

而我作为被宣告的那位，好像也只有一个答案好给他。

"我愿意。"我毫无负担地答应下来绝不死在他前面这件事。

闭着眼的人半天没有反应，我等了一会儿，只听到细细的呼吸声，又叫了他两声，均是不见动静。看来这次他是真的睡过去了。

自从我入院，他就两边跑，既要顾我又要顾律所那边，他脸色就没好过，眼下总有青黑，显得人很疲惫。和我说着话，就这点工夫他都能轻易入睡，真是不知道已经撑了多久。

我坐在他身边，又替他掖了掖被子。他全程无知无觉，睡得很死，连睫毛都不带动一下的。

看了他睡颜片刻，我动作轻缓地带上卧室的门，开始收拾客厅那堆纸箱。

先把要穿的衣服理出来，还有平时要用的日用品。

拆了几个箱子，东西摊了一地，到第四个箱子时，看着周身逐渐堆满的杂物，我猛地回过神——盛珉鸥的房子虽大，但还真没多少能让我放东西的地方。

我停下动作，起身打量整个客厅，乃至整套房子。

对于两个成年男性来说，储物空间的确是……小了点。

掏出手机，我开始在网上浏览各色家具。原来那台手机被当作证物回收了，我现在用的是盛珉鸥重新给我买的最新款，除了贵没毛病。而且……绑的还是盛珉鸥的卡。

不知不觉我就沉迷在网购的海洋里，订下了沙发、茶几、电视柜等家具。感觉差不多够了，我看了一眼手机上的时间，三个小时飞逝而过。

揉揉酸痛的脖子，躺倒在长毛地毯上，我长长呼出一口气。

真好，我又有家了。


我虽然同盛珉鸥住到了一起，但这并不意味着盛珉鸥一天到晚都要陪着我。

美腾的案件牵扯甚广，影响恶劣。萧蒙身为美腾高层，不顾法纪，妄图通过违法的手段暴力抹消美腾制药的负面新闻，令人发指。他是萧随光的亲侄子，外界难免联想，猜测这是萧家的一贯手法。

而除了萧蒙这头已然是擦不干净的烂屁股，美腾自身更要面临许多困境。有关部门对他们的调查与询问自不必说，长期服用美腾研制的新型过敏药的患者也在近日联合对他们提起了民事诉讼，赔偿金额高得吓人，要是败诉，美腾或许就要退出历史舞台。

吴伊之前来看我时曾经提到，他们本来是要与美腾签合作协议的，已经到了最后的流程，就差盛珉鸥签完字寄过去。我的事一出，两家再没有合作可能，盛珉鸥直接将空白合同还了回去。

"该说还好连你一起绑了吗？不然现在我们就要接美腾的烂摊子了，这种官司既难啃又挨骂，就算给的钱多，但就长远发展来说，美腾现在这个样子，都不知道它明年付不付得起给律所的咨询费。"说完他自己可能都觉得哪里不对，连忙补上一句，"没有说绑你绑得对，千万别告诉老师！"

在我再三保证绝不打小报告后，他才彻底松下一口气。

盛珉鸥失了美腾这个大客户，便要努力从别的地方找补，这些天一直很忙碌，时常到深夜才带着酒气回家，一回来洗了澡就是睡觉。

我知道他累，也不忍心打搅他，实在无聊，只能玩手机，和魏狮他们在聊天群里成天以互损为乐。

沈小石："那你白天吃什么呀？盛律师这么忙能照顾好你吗？不然你搬到我这里来吧，我妈好歹能给你做个粥。"

我："不用，我哥在附近五星级酒店给我订了餐，每天都有人按时来送，就不劳烦阿姨了。"

魏狮："人家兄弟间的事，你就不要凑热闹了。盛律师能少他一顿饭吗？"

沈小石："什么话，我和枫哥也是兄弟啊，可亲可亲的呢！是不是枫哥？"

魏狮："那你和盛律师还是不一样的。"

我："是，你们不一样。"

沈小石："什么啊？你们怎么这样！"

易大壮："兄弟们！来看看我这篇写得怎么样！我今天灵感迸发！感觉又可以了！"

我正盯着聊天内容哈哈笑，洗完澡的盛珉鸥手里拿着一罐白绿包装的东西进到卧室。

"这是什么？"他停在我面前，垂眼问道。

"绵羊油，给你涂手用的。"我放下手机，扯过他的手查看。

消毒水威力巨大，这都半个多月了，盛珉鸥指甲边上的那圈皮肤还没完全长好。又因为新长出来的皮肤更薄，透出底下的血色，其余地方都是苍白透青的色泽，唯独指尖红红的，跟染了胭脂一样。

"疼不疼啊？"我问。

"我知道这是绵羊油，我看得懂英文。"他将那罐绵羊油丢进我怀里，"你是不是从来没打开过它？"

这又是怎么了？

我有些摸不着头脑："是，没打开过。怎么了……过期了？"

"你自己打开看看就知道了。"

说完盛珉鸥不再理我，背对着我躺下，径自睡了。

我被他这态度弄得心里直发毛，忐忑地旋开了绵羊油的盒盖。

旋开盖子，它里面还有个防溢的小平盖，凹陷的设计正好可以放下一张折叠的字条。

我皱着眉展开那张带花纹的字条，发现上面画着一幅 Q 版插画。

一个身穿铠甲高举宝剑的小人大喊着："我将铲除一切邪恶，保护所有弱小！"

他脚下踩着一条蚊香眼的恶龙，显然正是他口中的"邪恶"。

另一个满身是伤的小人双手交握着，露出崇拜的眼神，嘴里说着："你真是我的大英雄！"

画作角落，签了莫秋的名字。

"……"

道理我都懂，但到底为什么要在一罐绵羊油里偷塞自己画的插画？莫秋这家伙到底有什么毛病？有什么话不能当面说吗？

我无语地合上绵羊油，回头望了一眼背对着我的盛珉鸥。

"哥，这事真不赖我……这是莫秋之前旅游回来给我的伴手礼，我收到就一直放着，也没打开过，我不知道里面有东西啊。"

这次莫秋来探望我，也和我分享了他的喜讯，他认识了新的朋友，还说他国外的学校已经申请下来，下个月他和朋友就要一起出国深造。

盛珉鸥自然没睡着，但也不准备转过来面对我。

"他很崇拜你，我知道。"

"都说了……"

我正准备再接再厉和他说清楚，就听他接着道："该说，他曾经最崇拜的就是你。你是他的英雄、他的骑士，他记忆里那个热心肠的阳光少年。"

这不重要，我并不在乎曾经有谁崇拜过我。

别人怎样和我又有什么关系？

"可我崇拜的人是你。"

他不予置评："继续。"

啊？

"继续吹。"

我也搞不清他这话什么意思。但他的命令我哪有不遵从的，闻言立马搜肠刮肚，轻咳着拿出充沛的感情朗诵起来："你就像群星围绕着的月亮，就像向日葵仰望着的太阳，就像沙漠渴求着的雨露。我在人前无坚不摧，唯独在你面前脆弱卑微。就仿佛鲁伯特之泪的两端，你是那条可以叫我粉身碎骨的……小尾巴。"说完我自己都觉得好笑，忍不住轻声笑起来。

"小尾巴？"他可能也觉得好笑，语气古怪地重复着，没再让我继续，也没再提那罐倒霉的绵羊油的事，"倒是比你之前那些老土的比喻有新意一些。"

我知道他这是不生气了，暗自在心里长长嘘了口气，又为自己鸣不平："我一直很有创意。而且我说话哪里老土了？"

盛珉鸥却不再理我，对我的质问充耳不闻，仿佛在一瞬间进入了深眠。

我当然知道他醒着，却也拿他没办法，心里又好气又好笑，给他关了灯。

没两天，盛珉鸥去了外地开会，为期一周，家里只剩下我一个。

虽说有些寂寞，但我正好能用这段时间布置一下房子，想着等他回来就可以收获惊喜。

　　结果家具没等来，我倒垃圾时在楼下捡到了一只猫。

　　橘黄色的，瘦骨嶙峋，看花色，和当年被齐阳杀死的那只一模一样。

## | 第六十八章 |

小猫太小了，可能就一两个月，远远观察着我，小心又谨慎。

我丢了垃圾，站原地看它片刻，试图靠近。它似乎被吓到了，一下子压低身子，警惕地往后退。

"来，过来。"我蹲下，试图降低自己的威胁性，"咪，过来。"

小橘猫怯怯看着我，杏仁形状的眼睛里透出好奇与恐惧。

它身上很脏，粉色的鼻头沾着黑泥，就和它身上其他地方一样。

我曾经听我爸说，猫是很爱干净的动物，一旦野猫看着脏兮兮的，说明它已经生存艰难，根本无心打理自己，也就离死不远了。

而且最近降温，这么小的猫，才刚断奶，离了妈妈恐怕无法熬过这个冬天。

如果我现在转身就走，可能明天就会在垃圾桶旁看到它的尸体。

这世间野猫很多，可怜的大有猫在，我不可能每只都救。但这只不同，这只不仅长得太像当年那只猫，还出现在盛珉鸥家楼下，还被我看到了。

武侠小说里，主角要成大事，必定要遭一番磨难，成就自己的机缘。

长得像"故猫"，流离失所，还被妈妈抛弃，这多"主角猫设"？所以，我就是它的机缘，就是那个助它重生的"隐世高人"。

"你乖乖地过来，我给你吃顿饱的，再给你找个好人家，不比你流浪街头有上顿没下顿好多了？你考虑一下。"

小橘猫没有转身就逃，与我静静对峙片刻，可能感到我对它没什么威胁，一点点靠过来。

它仍然胆怯，只是小心翼翼嗅我的指尖。如果我有一点异动，它便会像受惊的兔子般跳开，随后等我再次静止，它又会靠过来，如此反复。

"好了好了，别害怕，我又不会吃了你。"我耐心等它完全信任我开始主动拱我的手掌时，手指轻柔抚过它板结的背毛，一把逮住了命运的后脖颈。

奶猫这时候还留有被猫妈妈叼着到处走的记忆，一般不会挣扎。我带着它回了家，一进门就将它关到了淋浴间。

面对陌生的环境，小猫重新对我戒备，将自己缩到角落，同时开始朝我哈气。

这点不像当年那只猫，当年那只橘猫可没这么凶，又胖又软，一见盛珉鸥就撒娇，冲他露出肚皮喵喵叫。

我关了玻璃门，从冰箱里翻出前不久才买的冻鸡翅，用白水煮过，再凉水冲凉，撕成一条条放到小碟子里，送到小猫面前。

"这鸡翅本来我是想自己吃的，便宜你了。"吃了快一个月流食，我现在做梦都在吃火锅，路过炸鸡店我都咽口水。

本来想趁这几天盛珉鸥不在偷偷沾点荤腥，结果不是我的终究不是我的，半路杀出个程咬金，我一口都吃不到。

小猫忌惮我，有我在吃饭都不香，我只好关上门，退出淋浴间，将它一只猫留在了那里。

我在四人聊天群里 @沈小石，叫他用兴旺典当的那个号上发布一则领养启事，看有没有人要养猫的。

沈小石让我给他张照片，我拿着碗又进去，盛了点水放到淋浴间里，顺手拍下一张小猫狼吞虎咽吃鸡肉的照片。

沈小石一阵沉默。

"怎么了？"

"这真的不是只大老鼠吗？它也太脏了吧。"

我端详照片须臾，强行替小橘猫辩解："它只是不上相，脸还是蛮清秀的……"

沈小石表示怀疑："枫哥，你明天带它到宠物店洗个澡吧？它这个卖相肯定没人要领养的。我们做这行的应该最清楚，现在的人啊无论看中个啥带回家都是要看品相的，更何况猫这种要养十几年的活物是吧。"

我觉着他说得十分有道理，让他暂缓了登领养启事这件事，打开软件开始查阅附近的宠物店。

盛珉鸥这公寓地段极好，周边从吃到穿什么店都有，五百米就是大型购物中心，一条街上有一家宠物生活馆、一家宠物美容店，还有一家宠物医院。

第二天一大早，我先带小猫去了宠物医院做检查。经过医生诊断，小猫除了有轻微猫藓和营养不良，其他都没问题。

医生建议给小猫打个疫苗，做个体内驱虫，他是专业的，我是门外汉，我当然听他的。

打完针后，小猫更害怕了，缩在背包里瑟瑟发抖，我摸了摸它的小脑袋，它抬头看向我，软软"喵"了一声。经历过昨晚的信任破裂，我以为它没那么快与我重修旧好，想不到这就对我示好了，还挺傻白甜。

拿上配好的药剂和营养罐头，我又带小猫去了宠物店，由于接种疫苗后七天不能洗澡，我只是叫店员剪掉了它身上的毛结，并给它涂上药膏。

小猫没了毛，皮肉下的骨头清晰可见，不知道是冷还是怕，它一直在发抖。店员给我拿了块毯子将它包裹起来，又为我推荐了新手养猫套装——猫砂、猫粮、猫厕所。

我全都买了，又选购了两个宠物碗和一个看着十分柔软的猫窝，背着猫大包小包回了家。

我忙碌一天，刚喘口气，送家具的又打来电话，与我约好时间，说明天一早送货。

人类既顽强又脆弱，才一个月，我腹部的枪伤便只剩下一道新长出的淡红色的疤。然而毕竟是做了场大手术的人，面上好了，体力却不能一下子恢复，一累就容易出虚汗。

白天帮着搬家具，晚上还要给小猫铲屎喂药，第二天我就不行了，彻底躺床上没起来，眩晕不止。

听到浴室里小猫凄惨的叫声，不知道是水没了还是粮没了，我强撑着从新买的大床上爬起来，经过已经大变样的客厅，来到浴室。

小猫坐在玻璃门后，见到我立时叫得更大声了。

我一时心软，将门打开，想让它在浴室里活动活动。

没想到它预谋已久，从缝里一下蹿出来，穿过我两腿间，往身后浴室门冲去，消失在了我眼前。

我瞪大眼，为这发展错愕万分。

之前盛珉鸥这房子东西少，别说猫了，有只苍蝇都看得清清楚楚，可自从我入住，此间画风日渐杂乱，多了不少角角落落。小猫体形小，要和我玩躲猫猫，我是一点办法都没有。

"咪咪，出来，吃罐头了……"我蹲在地上，开了个营养罐头，用勺子敲击罐身想引它出来。

我一次次俯身观察沙发底、窗帘后，甚至搬开茶几柜子查看，仍旧一无所获。

我脑袋更晕了。而就在我打算放任自流，随它爱出来不出来，自己回床上躺好继续睡时，门外传来开门声。

电子门锁验证指纹成功，机械女声报告"已开锁"，接着下一秒，门缓缓被推开。

我手疾眼快在盛珉鸥进屋的一瞬间把手里罐头塞到了茶几下。

盛珉鸥提着行李箱，抬头看见屋内摆设时愣在那里，微微蹙起了眉。

"哥，你怎么提前回来了？"

我用他账户买东西，他不可能不知道，但知道是一回事，看到又是另一回事。

"负责萧蒙案的检察官要我们明天去他办公室见他，我发了信息给你，"他换鞋进屋，将行李箱放在进门处，开始打量他看到的每一处变化，"你没看到吗？"

"我下午在睡觉，没注意。"

我讪笑着站起身，给他一一介绍："哥，你看，这个沙发能坐能睡，还有储物空间，还有这个茶几，也是可以放东西的，这个是电视柜……电视过几天才来，我买了个72英寸的，以后我们可以躺在沙发上一起看电影……"

可能是大平层的关系，虽然盛珉鸥这套公寓才两间房，但每个区域的空间都奇大无比，客厅尤其如此。我没动原本悬挂的沙袋，将客厅划成两个区域，一个是盛珉鸥打拳的区域，另一个是休闲娱乐的区域，竟然也不觉得拥挤。

"卧室里我买了张床，还买了个书柜，这样以后我们可以睡前看书。"我忐忑地将手背到身后，绞着手指，苦恼于该怎么和他说猫的事。

我总有种预感，他该不会喜欢它。不仅因为他的洁癖，也因为……它实在太像当年那只曾让他失控的猫。

"挺好。"

盛珉鸥简单评价一句，解着领带进了卧室，似乎是换衣服去了。

我火急火燎冲进淋浴间，将那些猫盆、猫厕所全都塞进洗手台下的柜子里，又用水冲洗了淋浴间的地面，以期盛珉鸥看不出任何破绽。

"陆枫，过来。"

我刚藏好"罪证"，卧室就传来盛珉鸥的声音。

"来了！"我没有多想，起身赶过去，却在见到房里情形时一下刹住脚步，见鬼似的盯着盛珉鸥的脚边。

那只小橘猫，我找了老半天都不出来的小浑蛋，此刻正绕在盛珉鸥的脚边喵喵叫，喉咙里发出的咕噜声我大老远都能听见。

盛珉鸥上辈子难道是根木天蓼吗，怎么这么受猫欢迎？

"这是什么？你养的豚鼠？"盛珉鸥抬了抬脚，小奶猫也跟着上上下下。

我本来就热，一紧张就更热了，脑门不停出汗。

"不、不是，是我捡的小野猫。"抹了抹额头上的汗，我放轻动作挨近盛珉鸥，想趁小猫不注意逮住它，"哥，你放心，很快就会把它送走的，但是……要先让我抓到它！"

我一扑，小猫夯着毛逃走，再次不见踪影，我则因为惯性差点儿栽倒。

不行了，头好晕。

盛珉鸥一把托住我，稳稳支撑住我的身体。

可能是看我脸色不对，他靠上来，用手试了试我额头的温度。

盛珉鸥退开的同时，轻轻"啧"了一声："你发烧了。"

他几步将我送到床上，脸不红气不喘，完全看不出刚刚抱起了一个一百多斤大男人的样子。

反观我，虚得不行，连只猫都抓不住。

盛珉鸥出去又进来，不知道哪里找出一支水银体温计。

他消了毒，甩去上面温度数字，递到我嘴边："含住。"

我拉住他袖子："那只猫……"

他眯起眼："别让我说第二遍。"

我乖乖张嘴含住体温计，没再啰唆一个字。

## 第六十九章

我曾经想要养一只小狗，大概七岁的时候，刚刚一年级。

我们家住得偏，周围很多荒地和废墟，可能是之前工地上养的狗，工人离开了，狗却无人带走，它们一代代在那里繁衍，艰难求生，有的对人类仍然友好，有的已逐渐恢复野性。我妈总让我离那里远点，怕我被狗咬。

我就读的小学离家还算近，我一年级时，盛珉鸥读五年级，我们有过短暂的同校，会放学后一起回家。

十岁不到的男孩子，最是顽皮不过。按照正常路线，我们应该绕开废墟，走大路回家，但那样会绕个大圈，大概多走五分钟路。所以当我发现废墟的蓝色铁皮围栏被掀起一个角时，我有了个大胆的想法——径直穿越那里。

盛珉鸥自然不同意，从小他就很少同意我的建议。

"不准进去。"

我们站在围栏缺口的地方，产生了分歧。

"可我想进去……"我瞥了一眼围栏里面，又看了一眼沉下脸的盛珉鸥，"你从大路回家，我往里面走，我们看看谁先到家好不好？"

盛珉鸥蹙起眉，眼里已经升起不耐烦："我说了，不准进去。"

小时候我还没那么尿，对他也不总是言听计从。

我知道他不想让我进去，可人总要有点冒险精神。所以，就像一艘扬帆远去，驶入汪洋的小船，我头也不回地钻进那个缺口，假装没有听到他的警告。

"就这么说定了，哥，我一定比你快！"

废墟的路不太好走，地上还没来得及铺水泥，都还是起伏不平的泥土。但这正合我———一个"冒险家"———的胃口。我在泥地上飞快地奔跑着，张开双臂，迎着微风，欢乐得好似第一次踩过青草地的小鹿。

然后，就在这时，我听到一声稚嫩的、幼弱的叫声。

"汪！"

我一下停住身形，往声源处看去。

我花了比预想中更多的时间到家，而当我走到家门口的时候，盛珉鸥已经等在那里，脸色不怎么好，看到我后他一言不发转身上了楼。

"哥哥，你等等我嘛。"我快步跟上，书包沉甸甸地压在肩头，突然从里面传出小小的一声狗叫。

走在前面的盛珉鸥骤然停下脚步，我抓住背包带，紧张起来。

他回过身，目光落在我身后："什么声音？"

"没听到啊……"

仿佛和我作对，话音未落，背包里又传出一声更响亮的叫声，同时伴随着不舒服的呜咽声。

在盛珉鸥看破一切的注视下，我噘起嘴，无奈地放下背包，从里面抱出那只从废墟上捡到的小家伙。

小家伙通体黄色，只脸和尾巴尖稍稍有点黑，是只正宗的小土狗。

"哥哥，可爱吧？我们带回家养好不好？"我将小狗举起来，凑向盛珉鸥，一脸讨好。

盛珉鸥嫌恶地往台阶上又走了一步，远离我和我手里的小狗。

"妈妈不会同意。"

我将小狗抱进怀里，不是很有底气地道："不要紧，妈妈最疼我了，她会同意的。"

盛珉鸥看了一眼我，又看了一眼小土狗，没再说什么，转身继续往上走。

事实证明，我妈再疼我，也不能容忍家里突然多了只脏兮兮，身份不明，还不知道有没有寄生虫的小土狗。

她回到家发现小狗时，简直是尖叫着要我把它丢出去，我和她发生了激烈争吵，抱着小狗将自己锁在屋子里，哭得伤心欲绝。

再晚一些时候，我爸回来了，在了解大致情况与矛盾所在后，他来敲门，让我先出去吃饭。

我爸一向讲道理，我听他语气觉得有戏，忙擦去眼泪开了门。

整顿饭气氛压抑，大家似乎都没什么心情闲聊。到快吃完了，我爸扒着饭对我妈道："既然小枫喜欢，不然就留下来养吧？"

这句话戳了我妈痛脚，她黑着脸，重重放下筷子，毫不客气地"怼"回去："养养养，你什么都要养！你到底有没有考虑过我的感受？当好人谁不会，但你有这能力、有这财力当吗？你以为我们家是什么，百万富翁啊？我们只是工薪阶层，养两个孩子都吃力，你还想养只狗？"她好像在说狗的事，又好像不是，"再说你又不是不知道我最讨厌掉毛的东西，看到猫狗就头疼。养只鸟我或许还能接受，一只狗，我坚决不允许！"

我爸也拉下脸："你不养就不养，有话好好说，干吗这种态度伤孩子的心。"

"我伤孩子的心？我现在成坏人了是吧？我没有心是吗？"

父母愈演愈烈的争吵使我感到非常害怕，他们面红耳赤嘶吼的样子，就好像两个我从未见过的陌生人。

"你们别吵了！"我心里很不好受，皱起脸在餐桌上哇哇大哭起来，这一度让场面更加混乱。

我爸喘着气，稍稍被我的哭声唤回了理智，努力用平和的声音让盛珉鸥带我回屋里做作业。

盛珉鸥嘴里说着"好"，拽起我的手就往屋里走。

他一关门，餐厅里便又爆发出争吵声，大多是我妈的声音，压抑的、烦躁的、怒火蓬勃的。

我抱起蜷在角落睡觉的小狗坐到床上，默默掉着眼泪，心里已经有了预感，我可能留不住它。

"把狗放下，把作业拿出来。"

我房间大一些，除了床和衣柜，还有余地摆下一张书桌。做作业时，盛珉鸥会在我的房间一起做，这样我有哪里不懂的也可以及时问他。我整个小学的功课基本都是盛珉鸥辅导的，父母可以说极其省心。

"呜呜不要……"十岁前我脾气特别倔，有点恃宠而骄的架势。后来我爸过世，家里遭逢巨变，这才成功把这架势压了回去。再后来我虽然还是倔，但也只在涉及盛珉鸥的事上倔。

盛珉鸥耐心有限，不顾我的拒绝，伸手就来抓我怀里的小狗。

小狗受到惊吓，或者感知到盛珉鸥对它的不喜，混乱中一口咬上盛珉鸥的手掌。

盛珉鸥飞快缩手，与小指衔接的那侧手掌被小狗的牙齿划出两道血痕，不算严重，但仍然让我心惊胆战。

"哥哥，你怎么样？"我丢下小狗，着急地上前查看盛珉鸥的伤口。

盛珉鸥握住手腕，垂眼注视着自己不断渗血的伤口，脸上没什么表情。

我朝他伤口呼着气，再次问道："哥哥，疼不疼？"

盛珉鸥好似没有听见我的问话，长久地静止在那里，一动不动。

同时，屋外又传来父母们的吵架声，我妈还摔了碗。

"你当这里是什么，是流浪动物避难所吗？要养可以，我走，我惹不起还躲不起吗？"

"我不想和你吵……"

"谁想和你吵了？"

盛珉鸥突然动了，推开我，走向床头柜："我不喜欢它。"

我一愣，急忙跟到他身边："哥哥，对不起……"

盛珉鸥抽了几张纸巾，按在自己的伤口上，鲜红的颜色很快从纸巾表面浮出，他似乎并不觉得痛，眉头也没皱一下，越过我走向房门。

"家里的流浪动物，一只就够了。"经过我时，他低声在我耳边说道。

我错愕地回头，那时候并不能确切地明白他的意思，后来长大明白了，又错过了安慰他的最佳时机。


盛珉鸥开了房门，走到喘着粗气的父母面前，告诉他们自己被狗咬了。

我爸闻言十分紧张，马上就说要带他去打针。

"你看看，现在就咬人，养大了还得了？这种狗养不熟的。"我妈正好趁此机会冷嘲热讽一番。

我爸没理她，板着脸进屋拿了钱和钥匙，带盛珉鸥去了医院。

他们直到深夜才回来，我一听到钥匙开锁声就开了房门，见到盛珉鸥，小声叫了他一声"哥"，结果他看都没看我直直回了自己那屋。

我爸锁上门，瞟了一眼没什么动静的主卧，问我怎么还没睡觉。

"我想等你们回来……"我忐忑地盯着地面。

我爸叹了口气，揽着我进了我的房间，让我给他看看那只小狗。

我将小狗从书桌底下抱出来，抚着它的脑袋道："我觉得它很可怜，它……它朝我摇尾巴了，附近也找不到它的妈妈，我就把它带回来了。"

我爸拉着我在床边坐下，用和缓又带着商量的语气道："爸爸知道你是个善良的好孩子，但现在妈妈不同意养狗，哥哥又被它咬了，爸爸想了想，觉得它可能不适合待在咱们家。"

我心里早有准备，这次倒没有再倔，轻轻点了点头道："嗯……"

我爸摸摸我的脑袋，继续道："爸爸单位正好缺一只看门的狗，这样，明天爸爸把它带到单位去，以后把它养在那里，你看好不好？"

"好。"

我爸从我手里接过小狗，带出去喂了点剩饭剩菜，又给它在浴室垫了件旧衣服临时做了个窝。

"就让它先在这里凑合一晚吧。"说着我爸站起身，赶我早点回屋里睡觉。

路过盛珉鸥的房间门口时，我脚步一顿，盯着紧闭的房门片刻，终究不敢去敲门，转回自己屋关上了门。

第二天小狗被我爸带去了单位，盛珉鸥因为疫苗副作用发起高烧，只能请假在家休息。

从此，绝了我的宠物梦。


我睁开眼，眼前景物好似在打转，耳朵嗡嗡响，身上还出了层热汗。

听到身旁有翻页声，我微微侧过头，见盛珉鸥靠在床头，正在看一本法学方面的专业书。

我看了他一阵，开口叫他："哥……"嗓音又沙又哑。

盛珉鸥翻页的动作一停，朝我看过来。

"要喝水吗？"

我摇摇头，急着和他解释："那只猫，我会另外找人领养的，不会留它很久。"

他神情并未因我的话有一丝改变，看了我一会儿，将注意力放回书上。

"随你。"

我从被子里伸出手，轻轻扯了扯他的衣袖。

他看着眼前的书页，似乎在阅读，又似乎没有。

"你是觉得我连一只猫都容不下，还是怕我伤害它？"

我扯着他衣袖的动作大了一些，几乎要把他的手从书本上扯开。

"不，是我不想要它……"我盯着他从书本后露出的小半张脸，笑道，"我是不是很懂事？"

盛珉鸥久久没再说话，也没有翻页。

"哥，你夸夸我呗？"我仍然扯着他的袖子，像个生病的小孩般，跟他撒着娇。

过了片刻，好似拿我没有办法，他将书倒扣。

我期待地仰着头，他抬手按在我头上，随意地揉了一下。

"乖。"

这也太敷衍了！

我有些不满，还想接着缠他。他探了探我的额头，试着温度道："还有些烧，你最好再睡一会儿。别说话了，躺下。"

他再次拿起书阅读起来，一点没有与我继续聊的苗头，我撇撇嘴，往下拱了拱，躺回了被窝里。

## | 第七十章 |

萧蒙惹了这么大的祸,虽然萧随光极力与他撇清关系,但他身上仍然流着萧家的血,他获重罪,对美腾如今处境毫无益处,萧随光终究没忍心对他弃之不理。

盛珉鸥自立门户前,美腾在清湾有别的合作律所,后来合约到期,萧随光打算改签盛珉鸥,便没有再与那家律所续约,不想合同流程都走得差不多了,就出了萧蒙这档子事。两家闹掰,萧随光只得又找回之前那家律所,并且承诺若是能打赢萧蒙的官司减轻影响,就会与对方签订十年长约。

"不是说不一定给得出钱吗?"去法院的路上,吴伊一路对我"科普"着着目前形势,盛珉鸥则安静地在一旁用手机处理公务。

"瘦死的骆驼比马大,金泰律所利益至上,有钱什么案子都能接,估计是给了预付款的。"吴伊转过一个绿灯,将车驶进法院大门,"金泰的陈顺来,野兽中的豺狼,鲨鱼中的大白鲨,你可要当心点。"

"很厉害吗?"我瞥了一眼专心发邮件的盛珉鸥,故意道,"比我哥还厉害?"

吴伊瞬间卡壳:"呃……律师这个职业不能比较的,又没有等级划分是不是?老师才成为庭审律师没多久,知名度上和打过的官司数量上肯定有所差距的,这很正常。"

我点点头:"所以陈顺来比我哥厉害。"

吴伊又是一顿，声音更轻："他是教科书级的人物……"

既然是教科书级的人物，旁听他的辩护自然受益良多，吴伊与我们在庭外分道扬镳。我与盛珉鸥前往候庭室等候传唤，他则进到法庭旁听案件。

候庭室里，易大壮早已入座，怀里抱着台电脑打两个字皱眉思索一阵，再打两个字。

"做什么呢？"我踢了踢他的脚。

易大壮猛然回神，合上电脑与我们打招呼："枫哥、盛律师，你们来啦。没什么，就是写稿子呢，憋半天才憋出五百个字，愁得我头秃。"

候庭室里的椅子一排排连在一起，有点像公园的长椅，我在易大壮身边坐下，靠在椅背上伸了个懒腰。

"我说呢，怎么觉得你最近憔悴了，原来是头发少的缘故。"

易大壮吃了一惊，赶忙掏出手机打量自己，不停拨弄刘海。

"真头发少了？"

我暗自发笑，也不回他。

兴许不想挤一起，盛珉鸥没与我们坐一排，选择坐到了我的前面。

易大壮在那儿臭美，我向前趴到他椅背上，歪着头在他耳边小声道："哥，你是不是第一次坐这边？紧张吗？"

盛珉鸥回完最后一封邮件，收起手机，环着双臂往后一靠。

"该紧张的不是我。"

他意味深长地说完这句话，法庭方向传来要求全体起立的人声，庭审开始了。

通往法庭的厚重木门上，悬挂着一个圆形挂钟，当庭审进行到二十分钟时，法警拉开木门，告知法官传唤易大壮上庭。

易大壮颇为紧张地站起身，整了整衣襟，从那扇门里走了出去。

门再次被关上后，我凑到门前贴耳过去，想听听外面的动静，却只能听到含糊成一团的声音。

"听到了吗？"身后的盛珉鸥问。

我悻悻回头，坐到他边上："没有，什么都听不到。"

盛珉鸥直视着通往法庭的那扇门，好像视线能穿透实木门板，看到之后的一切。


又过了二十分钟，易大壮被法警送了回来，神情恍惚，面有菜色，仿佛经历了一场惨无人道的严格审讯。

见他如此，我心中警铃大作。这陈顺来真这么厉害，都把人问傻了？

"陆先生，请跟我来。"法警客气地请我上庭。

我回头看了看盛珉鸥，他抬抬下巴："去吧。"

此次案件的检察官年纪不大，正是满腹干劲儿，想要做一番成就出来的时候。之前他曾多次约我和盛珉鸥去他办公室询问案件细节，看得出对这个案件极为重视。

但此时，他坐在控方席上，满面肃穆，额头冒汗，完全没了先前志得意满的模样。他似乎从一名信心满满的猎人，骤然变成了被反扑的可怜猎物。

被告席上只坐着萧蒙一位被告，金牙被捕后便认了罪。

萧蒙一身西装，面色凝重，靠着他坐的中年男人则神情轻松许多，应该就是他的辩护律师——教科书级的人物陈顺来。

"教科书"四十多岁，蓄着规整又儒雅的络腮胡，鬓角微微花白，身材挺拔，虽然长得和盛珉鸥没有一丁点相似，但给人的感觉却神奇地一致。

他们都是那种仪表堂堂，仿佛毫无威胁，却会在你与他们握完手后，转身那瞬间，狠狠击打你的狠人。

我在证人席入座，检察官做了几个深呼吸，起身走向我，开始对我的询问。

"陆先生，可以将十月九日晚发生的一切告诉大家吗？"

我点点头，回忆起来："那天我回到家，发现家里很乱，我以为遭了小偷，正打算报警……"

"当你醒来，你发现自己身处陌生环境，同时听到了萧蒙与绑匪二人正在进行交谈，是吗？"

"是。"

之后年轻的检察官又问了几个问题，结束了询问。他回到自己的席位，换上辩方律师进行交叉询问。

当陈顺来站起身缓缓走向我时，我隐隐好似瞧见一条长着满嘴獠牙的大白鲨摆着尾朝我游来，不由得也紧张起来。

陈顺来停在我面前，开口问道："你说听到三个人谈话，你这时候应该被关在另一个屋子，怎么能确定绑匪是在和萧蒙萧先生交谈？"

"我认得他的声音，而且他们叫他'姓萧的'。"

"你与萧先生之前认识吗？"

"见过两面。"

"加起来满十个小时吗？"

"没有。"

"所以你只凭两面之缘，就听出了萧先生的声音，看来你记忆力超群，陆先生。"

"谢谢。"我欣然接受他的赞美。

"他们谈了些什么？"陈顺来又接着发问。

"金牙他们把事情搞砸了，萧蒙很生气，指责他们不该绑架我。金牙说他们现在是一根绳上的蚂蚱，不会成心作死，让他放心，萧蒙让他们务必把事情干得漂亮干净一点，之后就走了。"

"所以两名绑匪与他们的雇主存在矛盾，并不那么齐心，而在你被绑架的一天一夜里，你也根本没有见过他们口中的……'姓萧的'。"

"是。"

"你被殴打，被胁迫，被开枪射击的时候，除了两位绑匪，我的当事人萧蒙先生并不在场，你也并没有证据表明他知道你所遭遇的这一切，是吗？"

哦，我终于知道为什么检察官和易大壮脸色都那么难看了，这人问话的套路实在很深，不比盛珉鸥差多少。

他暗指我并没有真正见过萧蒙出现在犯罪现场，萧蒙也不知道绑匪对我做了什么。萧蒙或许只是想拿回东西，但他并没有参与绑架事件，也不想伤害我。甚至，那个曾经出现在现场，被我听到声音的男人可能不是萧蒙，毕竟我并没有眼见为实。

还好金牙没死还活着，要是死了，他怕是要把所有一切都推到两个绑匪身上，把自己择出来变成一朵白莲花。

"陆先生，你记性这么好，不会这就忘了吧？"见我不答，陈顺来接着又问。

他嘴角含笑，却是笑里藏刀，我与他对视，不甘不愿道："是，我的确不曾在现场见过他，也没有证据表明他知道我所遭遇的一切。"

陈顺来满意地颔首，冲法官道："我没有什么想问的了，尊敬的法官阁下。"

回到候庭室，我进去，盛珉鸥正好出来，我与他只有短暂的照面。

"是条吃人不吐骨头的大白鲨，你要小心。"两人擦身而过时，我轻声在他耳边道。

回答我的，是盛珉鸥不屑至极的一声轻嗤。

我转头看去，不断合拢的木门后，盛珉鸥信步走向证人席，好似一条嗅着血腥味蹿入鲨池的巨齿鲨，丝毫无惧于与另一条巨鲨展开厮杀。

## | 第七十一章 |

我凑到门边，怎么也听不到外面的动静，急得抓耳挠腮。

这时易大壮从背后靠过来，轻轻拍了拍我的肩膀，示意我让开。

他蹲下，将自己的超薄手机顺着底下门缝塞进去，随后站起身，分了只无线蓝牙耳机给我。

刚戴上耳机，法庭上各种声音顷刻间清晰地传过来，就连远处不知是谁的咳嗽声，都听得清清楚楚。

"你能告诉大家，见到绑匪后他对你说的话吗？"我辨认出检察官的声音。

短暂的静默后，盛珉鸥开口。

"我提着赎金到达绑匪指定的地点，在那里见到了一号绑匪冯金，他看到我第一句话就是：'萧蒙经常提起你，你的确很厉害。'这是他的原话。"

"然后你说了什么？"

"我意识到这件事可能和萧蒙有关，问他是不是萧蒙指使他们做下这一切，他没有否认。"

"好的，谢谢。法官阁下，我没有什么要问的了。"

接着，法官宣布接下来由辩方进行交叉询问。

陈顺来现在的策略是，要将萧蒙从绑架案里择出来。萧蒙只是让金牙他们从易大壮那里偷出对美腾不利的证据，但并未指使两人绑架任何人，更对绑架一事毫不知情。因此对于任何直接指认萧蒙参与到绑架案中的证据或证人，都要遭受陈顺来的质疑。

我听到脚步声，然后是陈顺来的声音："你并没有亲眼见到萧蒙先生在现场。"

"是。"

"绑匪也没有提到是萧蒙先生策划了这场绑架案。"

"是。"

"而当你问他是不是萧蒙策划了这一切，他没有否认。"

"是。"

"也没有承认。"

"是。"

"你认为为什么绑匪会说那句话？"陈顺来突然压低声音问，"萧蒙经常提起你，你的确很厉害。"

没来由地，这话从他嘴里一出口，我就觉得他在挖坑。而接下去的询问也证实了我这一猜测，他的确挖了一个大坑等着盛珉鸥跳进去。

"我不知道。但我猜，是因为萧蒙的确和他们经常提起我，他一向十分在意我的存在。"

陈顺来语速加快，似乎找到了重要突破口："萧蒙先生会这样在意你，是否因为，你们曾经都是萧随光萧老先生接班人的有力人选？你们之间有着竞争关系，彼此对立，是吗？"

盛珉鸥并未立刻回答，而是道："你在暗示我的证言带有偏见。"

"请回答我的问题，你现在只是名证人。"

我手心有些汗，但又觉得盛珉鸥应该不会这样轻易掉进坑里。

"他的确视我为竞争对手，但那都是过去式了，和萧小姐分手后，我从美腾离职，不再具有竞争力。而且就在两个月前，萧老先生已通过我拟下遗嘱，分配名下财产，这件事萧蒙也知晓，如果他认为我对他存有偏见，又怎么会同意萧老先生认命我为代理律师，全权处理遗嘱一事？"盛珉鸥语气带上一丝愤懑，就像被人误解的正常人，"当然，这件事后，那份遗嘱已经废弃，我也征得了萧老先生的同意，如有必要，可以在庭审中公开遗嘱一事。"

如有必要……就是说他其实也不知道自己到底会不会用到这一信息，但他还是选择未雨绸缪，并且真的用上了。好像事情的每一步发展，每一个分叉，都在他意料之中，所有人的反应他都了然于胸。

运筹帷幄，决胜千里。不用亲眼看见，光靠演算就能掌控全局，大抵说的就是他这样的人吧。

而且……虽然看不到他的表情，但我确信，他会调动自己全身每一个细胞、每一根发丝，让大家相信他是个正直可信的人。

陈顺来想利用盛珉鸥与萧蒙过去的竞争关系来暗示盛珉鸥的证言并不可信，反而引出了遗嘱一事，间接证实盛珉鸥在对萧蒙的态度上公正公平绝不徇私。

看似是陈顺来挖了大坑等着盛珉鸥跳下去，其实是盛珉鸥利用这个大坑，反而将陈顺来一脚端到了坑底。

陈顺来意识到自己着了盛珉鸥的道，好半晌没说话，我都能想象他脸色这会儿有多难看。

"我没有什么要问的了。"

他话音刚落下，易大壮便赶紧将手机收了回来。我将耳机塞回他手里，随后若无其事坐回长椅上。

几乎是下一秒，候庭室大门被推开，盛珉鸥回到我们之中。

"欢迎回来。"我仰起脸朝他笑，"恭喜你成功一尾巴把大白鲨抽晕过去。"

盛珉鸥一掌按在我脑袋上，用力揉乱了我一头头发。

"没人告诉你，证人不能旁听庭审吗？"

他在我身边坐下，伸着长腿，双手环胸，再次注视那扇重新合拢的木门。

我抱着脑袋，整理一头乱发，嘴里小声嘀咕："易大壮的主意，不关我的事。"

盛珉鸥侧目去看斜后方的易大壮，我只听到身后一声颇为不自然的轻咳，之后盛珉鸥又转回了头。

"接下去控方会传唤污点证人上庭，他的证言对萧蒙十分不利，是所有证言中最致命，却也是最容易被质疑的。"

"为什么？"

"因为他是证人，也是同案犯。虽然他已经认罪，但人类生来便有劣根性。一个卑劣的人不会突然变得高尚，只会将所有过错全都推到别人身上。"

"他会在庭上说谎？"

盛珉鸥看向我："是陈顺来'一定'会让他在庭上说谎，这样他就能证明对方并不是个诚实可信的证人。"

他猜对了，对于过去曾经策划过入室偷盗这件事，金牙在庭上说了谎，只说自己是从犯。那已经是很多年前的事了，并且发生在另一座城市，金牙以为说点小谎没问题，可陈顺来却抓住了这一点对其质疑。

那一刻，他的证言似乎不再可信。

检察官因此大为光火，庭审结束后，他将盛珉鸥单独叫到了讨论室，没人知道他们说了些什么。

回去的路上，吴伊在车上讨论起今天的庭审，显得有些意犹未尽。

"太精彩了，大拿果真是大拿，询问节奏游刃有余，除了对老师那里有点纰漏，其他地方都是滴水不漏。"

我有点羡慕他可以光明正大旁听庭审，问："我现在提起民事赔偿还来得及吗？是不是只要成为案件当事人就能出庭参加诉讼了？"

"是，如果罪犯侵犯了你的人身权和财产权，作为被害人，可以提起民事诉讼。"

我靠向椅背:"那我要提起民事诉讼,他把我家翻得那么乱,还害我挨了一枪,就让他赔我……"我想了想,爆出一个数。

吴伊吹了声口哨:"可以,很可以。"

我的医药费全部由萧随光支付,出院后,他还派人来谈过赔偿金的问题,并且希望我能出具一份谅解书,原谅萧蒙在这件事上做得不妥的地方。

纵然赔偿金再吸引人,但我致力于让萧蒙认罪伏法,就没同意。当然,易大壮迫于我的淫威也没同意。

不过现在不同了,现在我这是提出合理诉求,争取自己应得的赔偿,顺道还能看场免费的好戏,干吗不看?

我当下给易大壮发了消息,让他同我一道递申请,他毫不犹豫地答应了。


回到家,盛珉鸥先进了屋,我正换鞋,听到一声猫叫,抬眼便见卧室里奔出一只光不溜秋的小猫仔,它跑到盛珉鸥跟前,将前爪搭在他身上,急切地一声叫得比一声响。

"你又偷偷跑到床上睡了?"我过去一把逮住它后颈,将它关回笼子里。

为了更好地治疗小猫身上的猫藓,我给它买了个猫笼,白天放它到阳光下晒太阳杀菌,晚上太阳落山再将它放出来自由活动。但小猫很聪明,仗着自己是"流体",动不动就越狱,明明在笼子里睡觉也一样,非得跑到床上睡。

"我去换床单。"我叹着气往卧室走。

经过那间上锁的密室时,我停下来,摸了摸上面的电子锁,问盛珉鸥:"哥,新密码是多少?"

盛珉鸥摆弄着他的咖啡机,闻言也不回头,背对着我道:"做什么?"

他好像一早就知道我要问什么,甚至都无需确认。

"里面东西理一理，把房间腾出来，可以做别的用处。"

"什么用处？"

咖啡的香气弥漫开来，他转过身，手里捏着一把银色小勺，轻缓地在白色的咖啡杯里不断画着圈。

"比如……拳室？"我绞尽脑汁想着，"客厅东西太多了，不方便打拳，有了专门的拳室，手脚也能放开一些。你说呢，哥？"

他将勺子从浓黑的咖啡中取出，放到托盘上，随后一只手举着咖啡杯，另一只手掏出手机翻阅起来。

"这周六我休息。"

我等着他的下文。

他抿了口咖啡，手机塞回口袋，抬眼看向我。

"到时我会把门打开，将里面的东西清理干净，之后随便你怎么使用它。"

上次误打误撞进到密室，目睹他压抑又隐忍的内心只是一个意外。在自己家都要上密码锁，可见对他来说那个房间是连他自己都不能随意进入的地方。那里关着他的秘密，他的骄傲不允许我再进到里面，哪怕我已经知晓里面都有些什么。

"好吧。"我退了一步，倒也没有一定要和他共同整理那个房间的意思。


随后的庭审，由于我和易大壮追加了诉求，得以作为当事人上庭旁听。

虽然盛珉鸥从未提起，但从蛛丝马迹，我猜到年轻的检察官可能就庭审策略寻求了他的一些意见。毕竟从之前的谈话中，不难看出检察官对盛珉鸥颇为欣赏，他们甚至还是校友。

庭审慢慢陷入僵局，变得又臭又长，陈顺来咬死了萧蒙没去过小木屋，不知道金牙他们绑架了我和易大壮，而检察官相信萧蒙参与其中，是绑架案的共犯。

其中萧蒙一方有位关键证人，是萧蒙的女朋友，她证实我被绑架那天，萧蒙和她在一起，整夜没有离开。

检察官对她进行了交叉询问，萧蒙的女朋友对萧蒙一直和她在一起这件事上信誓旦旦，她是萧蒙的重要不在场证人。对于检察官的密集询问，她也表现得问心无愧。

检察官拿出了一沓病例复印件，证实对方患有严重焦虑症，每天都需要服用安眠药才能入睡。

他又请来专家证人，询问对方在服用安眠药后，陷入深度睡眠，是否可能察觉不到身边人离开了两三个小时。

专家证人以自己的专业性表示，这是有可能的。

接着检察官展示在萧蒙家附近的一个加油站，截取到的我被绑架那晚，萧蒙曾经在半夜驾车出门的监控画面。

尽管画面模糊，但萧蒙的车实在很好认。虽说陈顺来仍然可以用攻击专家证人口中的不确定性来增加萧蒙女友证言的可信度，表明对方并没有睡到分不清枕边人有没有离开的地步，可大家都知道，监控一出来，安眠药会不会让人彻底失去意识已经不重要了。萧蒙从一开始就撒了谎。

萧蒙被认定为主犯，判定有罪。我和易大壮也获得了相应的赔偿，数目还不小。

宣判完毕，检察官满面春风，起身跟我和易大壮握手，与另一头的阴云密布形成鲜明对比。

"辛苦了辛苦了，大家都辛苦了。"

萧蒙直接被押走，一路还在叫着"冤枉"。陈顺来黑着脸独自走出法庭，面对媒体的长枪短炮，已经连基本的假笑都挤不出来。

他失败了，还败给了一个初出茅庐的年轻检察官，这不仅是他职业生涯的滑铁卢，也是他人生中的奇耻大辱。

我走出法庭，盛珉鸥已经从候庭室步出，正双手插着兜，静静凝视陈顺来由助理护着远去的狼狈身影。

第一次见时，那人还意气风发，脊背挺得笔直，庭审过后就好像老了不少。

"盛先生，多谢。"检察官随人流走出法庭，见了盛珉鸥，朝他伸出手。

他并没有言明谢什么，大家也只当他谢盛珉鸥帮忙做证定了萧蒙的罪。

盛珉鸥看着他，笑了笑，伸手握住对方的手："不客气。"

去往停车场的路上，我实在好奇，趁吴伊与易大壮说话不注意，凑到盛珉鸥身边，问他怎么会想到调加油站监控。

盛珉鸥瞥了我一眼，没否认是他的主意。

"从萧蒙家到山中木屋，要一百多公里，我让检察官检查了一下萧蒙那辆车的油量，发现还剩一半多的油。"

我恍然大悟："所以他有很大概率是加完油再出发的。"

"赌一下，没想到赌赢了。"盛珉鸥语气轻松，难得谦虚。

鲨池里永远不缺经验老到的鲨鱼，但他们总会老去，忘了警惕，自负于无人能敌，最终被年轻凶猛的后辈撕碎吞尽。

## | 第七十二章 |

暂离两个月，在新的一年即将到来之际，我终于回到了自己热爱的工作岗位。

我不在典当这段时间，一直是魏狮代我的班，与沈小石两人合作无间，业绩不降反升，甚至在最后一个月逆袭，年营业额赶超另一家店。

"枫哥，您再不回来，江山就要不保了啊！"柳悦夸张地扑到我身边，跷起兰花指指着沈小石，"这吃里爬外的东西，彻底忘了您过去的谆谆教诲，投奔新主了啊！"

魏狮心情也好，和她一起瞎胡闹。

"晚了，小石已经是我的心腹了，你认命吧，投降不杀。"

沈小石脸一点点涨红："什么……胡说什么呢？我、我清清白白，枫哥去哪儿我去哪儿！"

柳悦拍着手，一副看热闹不嫌事大的模样。

"打起来打起来！"

我一指杵在她脑门上，把她脑袋杵得整个往后仰了仰，评价道："你放以前就是个祸国……"

柳悦双眼一亮："妖姬？"

"狗阉。"

柳悦两眼一翻，气呼呼回到自己的工位。

"一群臭男人，不懂欣赏我的美。"

年底将至，又该进行年终盘点。柳悦与沈小石在前头坐镇，我和魏狮进仓库清点货物。

好在之前已经清点过一次，该扔的该卖的都处理了，这次盘点工作不算繁重。

我和魏狮两人分区域理货，彼此拉开些距离，也没一直关注对方的动态。理到下层货架，我索性坐到地上，将账本摊在膝头，方便计数。

就在这时，我听到了不远处另一头货架传来细细的交谈声。

"你怎么进来了？"魏狮疑惑道。

"枫哥呢？"沈小石的声音有些沉，好像不太高兴。

我一下停了手头工作，侧耳细听起来。

"刚还在这里，可能上厕所去了吧。"

"那正好我有事跟你说……"

之后他们声音转轻，我就不太能听清了。

想着他们应该有什么重要的事要说，我就没出去。过了四五分钟，突然那头传来一声突兀的巨响，似乎是谁撞上了货架。

我怕他们又像上次那样一言不合打起来，马上弄出动静走了出去。

"欸，小石，你来啦？"

所幸两人看起来不像红脸的样子。魏狮靠架子站着，沈小石一只手拍在架子上，站在对面，刚刚的巨响应该就是他弄出来的。

沈小石见我尤为惊疑："枫、枫哥，你一直在吗？"

我捂着嘴，又打了个哈欠："刚不小心睡着了，你们干吗呢？"

沈小石收回手，讷讷着说不出话。

魏狮看着我笑道："小石说要帮我一起理货。"

我看看这个又看看那个，再三确定他们没事，才点点头道："那行，里面就交给你们了，我去外头了。"说罢我将手里账本塞给沈小石，往仓库外走。

身后静了一会儿，响起关门落锁声。我回头看一眼，心里直犯嘀咕，也不知两人是要说什么秘密。

坐回自己的位置，柳悦戴着耳机无知无觉，正在看一部新出的狗血连续剧。男主人公因为女主人公的前男友找上门来，醋意大发，一改先前冷酷霸总人设，上门壁咚女主人公，要女主人公承认只喜欢他，其他男人都是狗屁！

"好酥哦。"柳悦边看边笑得花枝乱颤。


到了周六，我睡到近中午才算彻底清醒。

我伸着懒腰走出卧室，一眼便瞧见对面那间密室门洞大开，光线充足。我呼吸一顿，轻手轻脚走进去，发现里面已经大变样。

窗帘拉开，室外的阳光照进每个角落，墙上的信以及那些血字全都不见踪影，取而代之的是斑驳的墙皮，以及地上摆放整齐的两个纸箱。

我蹲到纸箱旁，打开其中一个，拿起最上面的一封信看起来。

看了没几行字，身后传来盛珉鸥的声音。

"房间我已经整理好，随你怎么用。"

他倚在门边，衬衫袖子卷到手肘，露出肌肉紧实的小臂。

我摆了摆手里的信，问他："哥，我一直把信寄到你们学校，毕业后你是怎么收信的？我从来没收到过退信。"

盛珉鸥扫了一眼我手里的信，道："收买门卫，让他定期快递给我。"

我一愣，继而失笑出声。

"原来是这样……"我将手里的信丢回箱子，拍了拍手站起身，走过去，"每封信你都看过吗？"

盛珉鸥脸上没什么表情地淡淡"嗯"了一声。

"有读后感吗？"

我也就随口一问，没想到盛珉鸥望着我，还真认真思索起来，似乎在回忆着信上的内容。

"我以为你会恨我，会和不见天日的土地融为一体，成为齐阳想要你成为的那类人……可你没有。你依然充满希望，好像永远不会被打倒，阳光都更偏爱你。你有我没有的东西，有时候看着你，我就觉得你仿佛是我缺失的那部分……"

我搭上他的肩，道："所以我们能够互补。"

他闻言轻轻笑了一声，没有再说话，竟像是默认了。

阳光洒进屋子里，将一切阴霾尽数驱散。

洗漱一番，我和盛珉鸥去外面吃了午饭，之后又去建材市场买了些材料。下午回到家，我们卷袖子开干，开始了密室的房屋改造计划。

那两箱信被我封好塞进了床底，它们是我和盛珉鸥这十年的见证，是过去彼此的维系，是苦中掺甜的回忆。

它们已经占据太多过去，不该再占据我们的未来。


哥哥：

你一直没回我的信，你还好吗？我一切都好，只是很惦记你。

记得去年春天我和你说过，我们监狱的围墙墙脚，长了一株草，和别的杂草都不一样，会开紫色的小花。我觉得很漂亮，没有把它拔掉，偷偷将它留了下来，结果冬天时它枯萎了，我以为它死了，失落了好一阵。

但你一定想不到，今年春天，同样的位置，它又长出来了。

老黄说这是紫花地丁，是种野菜，让我挖了凉拌。我拒绝了。

它辛苦地长大，挨过了两个寒暑，我不缺那一口凉菜。

真想给你看看这朵小野花啊，它虽然弱小，却很漂亮。

不知道我还能护着它多久，不知道来年春天，它是否依旧会开出紫色的花。

　　我其实也不确定你是否会打开这封信，是否有耐心读到这一段，但我依然希望你知道曾经有这么一朵小花存在。

　　最近天气有些凉，算算时间你也已经毕业工作了，要注意休息，注意保暖。

　　我不知道你是不是还在生我的气，无论如何，我道歉，我承认自己的错误，你不要不理我，不要讨厌我好不好？

　　小时候吵架，我总是先认错的那一个，这次我也先认错，所以原谅我吧，我一定不再犯错了。

　　哥哥，来看看我吧。妈妈不肯告诉我你的事情，我已经好久好久没有你的消息。不要让我再受煎熬了，让我知道你在哪里，让我知道你很好，这样就够了。

　　哪怕不告诉我你在哪儿也行，哪怕只是回我一个字也行，只是不要让我再像个傻瓜一样等着不知道会不会有的回信。

　　希望春天结束前能得到你的回信。

　　祝你永远都有一个可爱的弟弟。

陆枫

20××年3月20日

| 第七十三章 |

新年将至，易大壮因为得了绑架案的赔偿金，又拿了不少运营自媒体分到的广告费，决定请我们大吃一顿，就在本市最正宗最有人气最豪华的……火锅店。

订好位置，易大壮在群里特地@了我，让我带上我哥，说要好好谢谢他的救命之恩。

火锅店？盛珉鸥？

他就算忍得了喧闹的环境，恐怕也受不了一身气味……

然而当我试探性地与盛珉鸥用短信说了这件事，他竟然回了我一个"知道了"，我再三确认，和他强调是火锅，是很多人吃一锅的那种火锅。

他可能觉得我有毛病，半天回了一句："我知道什么是火锅。"

行，知道就好。

小猫经过一段时间的治疗，慢慢长出了长毛，身形也丰润起来。

我本来想等它再长大些找个领养人，但沈小石突然说他妈看了小猫照片后心生怜爱，正好她新房子也收拾好了，缺个伴儿，就想问我讨小猫去养。

这当然是再好不过的。沈小石的妈妈前阵子因为财产分割没有完成，一直住在沈小石那儿，但沈小石也是租房一族，统共小小一间屋，住着多有不便。

所幸最近财产终于分好，与那头彻底两清，她就在儿子家附近买了套二手房，家具都是现成的，过几天打扫完毕便准备拎包入住。

小猫交给她，也算不错的去处。

第二天我就把猫和它的所有东西打包，一起移交给了沈小石，并且和他详细交代了下次打疫苗的时间和饮食上的注意事项。

沈小石仔细记下，让我放心，回家便更新了朋友圈，全都是他妈抱着小猫的照片——抱着看电视，抱着做家务，抱着吃饭，还要抱着睡觉。

"我仿佛多了个弟弟。"沈小石配字道。

我笑得不行，拿给盛珉鸥看，他扫过一眼，盯着画面上沈小石的妈妈道："姚女士变化很大。"

沈小石说他妈妈其实夜里偶尔还会被噩梦惊醒，过去的影响仍旧很大，但一切都在往好的方向发展，人类强大又坚韧，就算很慢很慢，心灵上的伤害总有一天也会被时间治愈。

"因为爱能改变一个人。"我缓缓闭上了眼，陷入沉睡。


到了易大壮请客吃年夜饭那天，盛珉鸥由于有个会要晚到，我们几个便先去了火锅店。

易大壮预订得早，得了个包厢，还有电视可看。

最近最大的新闻也就数美腾的案件了，调查结果出来，美腾被罚了巨款。美腾召开记者会向公众道歉，萧随光由于身体原因无法出席，全权交给了自己的独女处理。

萧沫雨遭逢家族大变，一改先前玩世不恭的富二代形象，穿着一身黑色正装，扎着简单的马尾，脸上脂粉不施，站在一群高层最中间。说话条理清晰，语气不卑不亢，似乎诚意十足，不知是不是事先有公关团队替她把关。

萧蒙入狱，萧随光再无选择余地，以后这风雨飘摇的企业，可就全都要落到萧沫雨一个人肩上了。

说起来，前阵子我想和郑米米坦白，发了几百字长信给她，结果发现自己不知什么时候被她拉黑了。想来从萧沫雨那头，她已经知道了一切。

虽然相处不多，但小丫头人不错，如今看来，我与这位小师姐也是缘分到头了。


盛珉鸥由服务员领进门时，易大壮因为之前绑架案的事，还没开吃，先站起来朝盛珉鸥敬了杯酒。

"盛律师，这一年来我们几个给你添了不少麻烦。"

盛珉鸥挑了挑眉，因为要开车，只是喝了口杯子里的茶。

一餐饭吃得还算尽兴，我怕盛珉鸥不自在，一直不停给他涮吃的，一不注意他碗里东西就要堆不下。盛珉鸥却也不阻止我，一点一点，慢慢将我给他夹的全都吃完。

我有心看他是不是会一直吃下去来者不拒，故意又给他涮了好多。眼看他眉头吃得一点点蹙起，在我还想将一颗鱼丸夹给他时，他终于拦住我。

"自己吃。"

我偷笑着将鱼丸咬到嘴里："哦。"

再过几个小时就是新的一年，吃得差不多了，沈小石跳起来活跃气氛，要每个人许下新年愿望。

"我先来，我的愿望是，家人朋友，我喜欢的和喜欢我的，都能身体健康，平平安安。"说着他以筷子充当话筒，递到魏狮面前。"这位先生，你的愿望是什么？"

魏狮想了想，道："远离小人，财源广进。"

沈小石举着筷子迅速跑到易大壮跟前。

"希望能早日脱单，找个女朋友。"易大壮双手合十，朝天拜拜，高声强调，"女朋友！女朋友！"

"话筒"很快到了我这儿，我其实已经没有什么心愿未了，看了一眼盛珉鸥，勉勉强强想到一个。

"那就……希望我哥的愿望都能实现吧。"

易大壮咂舌，不住摇头。

盛珉鸥也看过来，与我对视片刻，最后在沈小石的催促下开口："维持现状就好。"

这实在是个朴实无华，又十分合我心意的愿望。

我附和道："是，维持现状就很好。"


吃完饭，各自告别，我与盛珉鸥并肩往停车场走去，突然鼻头落下一点冰凉。

我停下脚步，抬头往天上看，昏黄的灯光下，不断有细小的雪花从天而降。

下雪了……

我用手接着雪花，不一会儿手心只剩一颗小小的水珠。

我再去看盛珉鸥，发现他已经往前走出一小段。

他穿着件浅咖的羊毛大衣，光是背影，就好似画报里走出来的长腿超模。

也是这个背影，让我注视了好久好久。从出生开始，我就仿佛一直在看着他的背影，追逐着他，努力想要赶上他，通过各种方式挽留他，希望他能为我停一停。

但现在……

"哥！"

盛珉鸥停下脚步，回眸看向我，轮廓分明的侧脸在灯光映照下完美得好似一座会呼吸的雕塑。

现在我已不用无助地光是望着他的背影越走越远却毫无办法，我能叫住他，能赶上他，甚至能让他为我停留。

"你看，下雪了。"我朝他跑过去。

盛珉鸥往天上看了看，说话间嘴里冒出白气。

"瑞雪兆丰年，明年会是个好年。"

风很冷，心却很暖。我们一路往前走着，任雪落在肩头，像是洒了层白霜。

有他在，往后的每一年都会是个好年。

"新年快乐。"

耳边突然响起盛珉鸥低低的声音，我一愣，转头看他，他却只是看着前方，微垂着眼睫。

错愕过后，我很快又释然地笑起来。

"嗯，新年快乐。"

（正文完）

## | 番外一·福利院 |

到了清湾第二儿童福利院门外，我给魏狮打了个电话。

"我已经在外面了，对，你叫院长和门卫说一声，放我进去。"

货车熄火停在门外，没多会儿，从不远处建筑里快步走出一名五十多岁的中年妇女，体形微胖，头上烫着小卷。她满脸笑容地朝我挥了挥手，接着走进门卫室，很快大门朝一旁缓缓打开。我重新发动货车，载着满车纸箱开进大门，停在了建筑物前。

跃下驾驶室，身后中年妇女也跟着车跑了过来。

"你是小陆吧？谢谢谢谢，替我谢谢魏老板，大过年的还替我们送东西来。"

"应该的，初七过了我们本来就营业了，再说这些衣服能早送来一天，孩子们也能早穿身上一天不是。钱院长，这些是放在门口吗？"我走到车尾，卸下车斗挡板，将车上硕大的纸箱一个个搬运下地。

"不用不用，你不用搬，已经辛苦你大过年还送东西来了，接下来就交给我们工作人员吧。"她话刚说完，建筑里陆陆续续出来一些人，有男有女，将地上、车上的纸箱往屋里搬。

典当两天前进了批货，大概是一千多件童装。起因是一名个体老板眼下生意做不下去了，想转型做别的生意，但积压了大量库存，十分犯愁，看到典当就进来试着问了一句，能不能切货。

老实说我起先是拒绝的，典当又不是善堂，不是什么都能收，更不是什么货都能卖。但魏狮正好也在，听了他的话后让我等一等，出去打了个电话，回来就说货他都要了。

能解决这一大批货，老板自然眉开眼笑，当天就迫不及待把几十个纸箱打包送了过来，生怕我们又反悔。

我纳闷魏狮发什么疯，问他这么多童装要怎么卖。

魏狮道："你放心，已经找好下家了，清湾第二儿童福利院，是个好去处。"

原来前几天他刷朋友圈看到一家福利院员工在问谁有童装能便宜卖的，过年了想给孩子们一个惊喜。他本没太在意，点个赞就刷过去了，不想事情就是这么巧，上千件童装这就送到了面前。他之前出去打电话便是打给那家福利院，问他们还需不需要衣服，对方听后立马说需要，他就拿下了这批货，打算不收中间价，再贴钱给他们把衣服送去。

"我朋友圈几千号人，三教九流，全球各地，每分钟都有新内容，能被我看到也是种缘分。"他说，"就当做好人好事了。"

为了这缘分，我和柳悦、沈小石生生花了两天检查完了所有衣服，累得眼冒金星。不怪这衣服卖不出去，款式实在有些陈旧，面料也不是特别服帖柔软，好在用料还算扎实，保暖性没什么问题。

与福利院约好时间，魏狮借来辆轻型货车，将东西装箱后由我送到地方。

我同工作人员搬了老半天，总算将箱子都搬下了车。钱院长请我进去休息一下，喝杯茶，如果可以，还想带我参观一下福利院。

我这会儿的确有点渴，便欣然答应。

我跟着钱院长一路拾级而上，走到三楼，再沿着长廊往前，最终到了她的办公室。

长廊两边有好几间教室，每间教室都坐着十几个四五岁的孩子在上课，大多是女孩。

我好奇，他们也好奇，偷偷瞧我。我冲他们笑笑，他们眨着眼，也笑了。

钱院长回头见此一幕，给我介绍："这是我们的苗苗班，不超过五岁的学龄前儿童都在这儿了。"

进到办公室，她让我先坐下，再从柜子上翻出一盒茶叶，给我泡了杯茶。

我客气接过，朝她道了声谢。

"我们这儿的孩子，大多是被遗弃的，有的是因为得了病，有的是因为残疾。剩下健康的那些，能领养的也都在三岁前被领养走了。"钱院长在我对面沙发上坐下，笑容里夹杂了点不舍道："今年是我在这家福利院工作的第三十个年头，明年我就该退休了。怎么说呢，退休前我想为孩子们再多做点事情，让他们尽可能感受一下来自别人的温暖。"

哪些孩子最调皮，哪些孩子特别懂事，哪些孩子很聪明，她都烂熟于胸，看得出对孩子们十分上心。

一杯茶喝完，她提议送我出去，顺便带我去参观一下。

起身时，我无意中瞥到座位后有张泛黄褪色的老照片，大概A3大小，挂在墙上。照片上都是三四岁到十几岁的孩子，按照身高从前往后排列，站了好几排，最后面的一排都是成年人，有的只是一个人站着，有的手里还抱着一个，背景正是清湾第二儿童福利院的建筑。

"这是我第一年来院里时拍的，因为意义非凡，我就一直给挂在了墙上。明年退休时，我打算再像这样拍一张，有始有终。"钱院长见我注意到这张照片，热情地指给我看她的位置。

她在最后一排边上，瘦瘦小小的，扎着两个麻花辫，瞧着才二十岁出头的年纪。

"钱院长年轻时好漂亮。"我拍着马屁，快速扫过整张照片，突然目光定在最前排一个三岁左右的小男孩身上。

照片已经有些模糊，却无法掩盖男孩精致优秀的长相，在一群还没长开的奶娃娃中，简直可以说是扎眼的存在。

"这个……"我点住那个小男孩问钱院长，"他也是被人遗弃的？"

小男孩五官和盛珉鸥有点神似，眼神中那种远超同龄人的成熟也很符合他从小的作风。清湾好歹也有几十家福利院，不会就这么巧吧？

我没特意问过盛珉鸥关于他三岁前的事情，小时候甚至有些排斥去提他那段不属于我们家的时光，总感觉问了，就好像在提醒他我们并非真的血脉至亲。如今虽然大了，不会再有那样幼稚的想法，但我没想过去追根究底，因此根本不知道他是哪个福利院出来的。

"这个啊，是不是看他长得很漂亮，惊讶这样的父母也能狠心遗弃？"钱院长的记忆出乎意料地清晰，"我记得他，这是我送出去的第一个孩子，送给了一对多年没有孩子，不能生育的夫妇。"

我张了张口，喉咙口有些干涩，还有些莫名地紧张："您还记得他的名字吗？"

"名字啊，这个倒是记不清了。"钱院长眯眼想了半晌，"就记得他的名字还挺好听，好像和一种鸟有关。那对夫妻里的丈夫一听这名字就说是个特别好的名字，也不知道后来有没有给他改掉。"

听到这里，我大概有八成把握这就是盛珉鸥了，毕竟长相、年纪，包括名字都能对上。

指尖滑过男孩的脸颊，我问出了任何人见到这张照片第一眼就会问的问题，同时也是内心深处多年的疑问。

"他为什么会被遗弃？"

钱院长沉默一会儿，答道："大多数弃儿可以找到被遗弃的原因，身体疾病是首要的，但有些却找不到原因，没有为什么，他就是其中之一。他被人送到福利院时，浑身都是伤，不会哭也不会笑，连说话都不会。我不知道伤害他的人是谁，但如果是他父母，那简直和禽兽无异。"

我心头一紧，再次看向照片上那个面无表情对着镜头的小男孩。

"浑身是伤？"

"是啊，身上都是青青紫紫的，有被掐的，也有被棍子打的。一开始我们以为他是智力有问题，或者有自闭症，来这边大概三个月，他才慢慢开始会说话。我记得那天我给他穿衣服，系鞋带时，他突然对我说了声'谢谢'，你不知道我有多兴奋，抱着他就冲到院长办公室，让他再多说几遍。"钱院长唇边带笑，眼里满是怀念，"后来证明他不仅没有智力问题，反而异常聪明。这么好的一个孩子，都不知道父母怎么忍心将他送到这里。好在后来他找到了领养家庭，终于有了疼爱他的家人，也算是不幸中的万幸。"

是他了，百分之百，十成十确认了，这就是盛珉鸥。

我心不在焉地跟着钱院长参观了整个福利院，之后由她亲自送到门口，谢了又谢这才挥手作别。

将货车直接还回去后我便回了家，天色尚早，我在沙发上坐着看了会儿电视，一不小心睡着了。

等我再次醒来，迷蒙中瞥见一个模糊的身影站在我身旁，弯腰从我手边拿起遥控器，将音量调低了些。

等他将遥控器还回来时，我一把抓住他的手腕，不让他走了。

盛珉鸥弯着腰，垂眼看我，一双黑沉沉的眼眸，凛冽又深邃，从小到大都没怎么变过。

想到钱院长下午的那些话，我心里就跟针刺一样不舒坦。

无论是三岁前遭受不明原因的虐待，还是三岁后被我们家收养，盛珉鸥这一生并没有过得很好，怪不得他会厌世。

不过好在他还有我，我们还有彼此。

"哥，你还记得三岁前的事吗？"

"没什么印象。"他似乎有些奇怪，"问这个做什么？"

我没有回答，给他一个拥抱："那你想过找自己亲生父母的事吗？"

"不需要。"他这次回答得更快，仿佛这的确是个不需要思考的问题。

我心里着实松了口气，如果他的亲生父母无力保护他，甚至只能带给他伤害，那还不如永远不要找到。

我再次向后躺倒。

"哥，我有个很不正确的想法。"我说。

盛珉鸥站直身体："那就憋在心里永远不要说。"

我撇撇嘴，只当没听见。

"我想感谢把你送到福利院的人，无论是因为什么，如果他不那么做，我们就不会相遇，你也不会成为我的哥哥。"我直视着他的双眼，用最轻柔的嗓音道，"我永远不会背叛你，永远不会离开你，你是我的哥哥，也是我永远的家人。"

别看盛珉鸥表面很嫌弃我，但其实特别吃这一套。

他有几秒好像被我的话震到了，一时没有反应。

"我知道。"他终于开口。

## | 番外二·看星星 |

盛珉鸥的律师事务所自去年声名鹊起，开年以来生意火爆，指名要他代理的官司数不胜数，他自然不可能全部接下，精挑细选，挑中一起感兴趣的，开始了新一年的忙碌。

而几乎是同时，我也忙了起来。

典当这行，学要杂且精，并非一朝一夕就能达成，对珠宝、钟表、名牌包的鉴定能力，都是基础，需要不断学习积累。时代不会退后，只会前进，无法迎头追上，便只能被远远抛下。

我现在人生比较圆满，业余时间也没什么事做，就想将宝石学证书考一下，丰富一下自己的学识。忙忙碌碌两个月，我与盛珉鸥虽说同住一个屋檐下，但两人各忙各的，鲜少有遇上的时候，他回来我睡了，他走时我还没醒，竟也过出了时差党的错觉。

好不容易等我把试考完，走出考场，整个人都有些恍惚，手机掏出来一看，与盛珉鸥的短信往来停留在三天前。

最后一条是他问我考试时间，而我没回他。

我当下心里就感觉有些不妙。

这种"不妙"说不太清楚，介于某种直觉与危机感之间，玄而又玄，不可言说。

我先是试探性地发了条短信，询问盛珉鸥在做什么，等了十分钟没回应，于是我又发了条信息问吴伊，他们是不是在开会。

"没有啊，不过老师在会客，你找他吗？"

吴伊回得倒是很快。

考试地点离市区不远，我打了辆车，直接去了锦上律师事务所。

吴伊正与前台说笑，见我来了，有些诧异，下意识地往盛珉鸥办公室看了几眼。

我冲前台打了声招呼，也去看盛珉鸥办公室，见里面还有人在，转而去了会客室等待。

我坐下没多久，吴伊贼头贼脑进来，压低声音道："你知道老师在和谁会面吗？"

我见他奇奇怪怪的，满心狐疑："我哥和谁在会面？"

"这次案件的委托人，十六岁天才美少女乔蕾。"

我眉梢微挑："所以？"

话题度高的案件，关注的人更多，争议也更大，这对盛珉鸥似乎是一种另类的挑战，是他为数不多的人生乐趣之一。

这次的案件便是如此，委托人乔蕾可以说是媒体最喜欢的那类取材对象，美貌、年轻、富有、智商奇高。虽说才十六岁，但她早已修完大学所有学分，并且创立了自己的软件公司，年纪轻轻便身价上亿。

这样一个天之骄子，行走的"邻居家的孩子"，本应该继续照着自己的"马丽苏剧本"顺风顺水过此一生，却因为有对不省心的父母，不得不走上了打官司维权之路。

由于乔蕾未成年，她的资产还需父母进行打理，而她父母相较于她的非凡，只能说是大街上随处可见的普通人。他们目光短浅，见钱眼开，背着女儿，被人三言两语哄骗卖出了公司大量股权，等到乔蕾发现为时已晚，公司不再由她全权掌控。

眼见心血付之东流，乔蕾只能以侵犯未成年个人财产权为由，将自己父母告上法庭，以期能使股权转让合同作废。

茫茫人海中，乔蕾选中了盛珉鸥作为自己的代理律师，而盛珉鸥也没有让她失望，三天前案件已由法官直接做出判决，乔蕾父母败诉，股权转让合同作废，并且还失去了对乔蕾的监护权。

这案件赢得堪称又快又狠又准，漂亮得足以写进任何一部法律案例。连吴伊都说，经此一役，盛珉鸥便也是教科书级的人物了。

当时还想着等我考完试就要与盛珉鸥一起好好庆祝庆祝呢。

吴伊继续压低声音道："这位美少女可不简单，心智早熟，长得漂亮，智商有 140，而且对老师很有好感。你知道她这次来做什么吗？她亲自来送谢礼，给律所每个人准备了一份小礼物，还给老师送了一束花——玫瑰花。"

我微眯了眯眼："玫瑰花？"

吴伊点头："娇艳欲滴的红玫瑰。老师收了花，然后两人就一同进了办公室，老半天了还没出来。你说，美少女是不是对老师有意思？"

被他这狗头军师渲染气氛，我也有点好奇了。


直直走出会客室，抓了两把头发，理了理衣襟，我敲响了盛珉鸥办公室的门。

屋里静了片刻，响起盛珉鸥的声音。

"进来。"

我握着门把手，脸上带笑，一推开门，便瞧见盛珉鸥办公桌上一束殷红似血的玫瑰。

笑容稍微僵硬，第二眼我又瞧见与盛珉鸥隔着办公桌相对坐着的一名长相精致的美貌少女。

少女一头又直又黑的长发，如瀑布一般散在椅背，四肢纤细，皮肤很白，虽然才十六岁，眉眼却透出超龄的成熟。她微微往后仰着脑袋看过来，眼里溢满不悦，很难叫人相信拥有如此摄人眼神的会是个未成年人。

"不好意思，我不知道你在会客。"虽这样说着，我也没有要退出去的意思，仍然维持着先前的姿势。

少女放下跷起的长腿，嗤笑道："我看你也没有'不好意思'的样子。"

我的确没有。

我笑了笑，没说话。

乔蕾白了我一眼，看回盛珉鸥道："最后一个问题，你不会觉得这个世界很无趣吗？我很少能遇上跟得上我思维的同类，周围尽是愚蠢之人，和他们打交道使我身心俱疲，你不会这样吗？"

盛珉鸥靠着椅背，一个眼神都没给我，他盯着少女，并没有思索太久，给了她两个字的答案。

"我会。"之后便不再多言。

乔蕾愣了愣，随即反应过来，对于她的问题盛珉鸥已经回答完毕，简洁有力，颇具个人特色。

她脸上显出些许错愕表情，很快又笑起来。

"你'会'就好，知道不是我一个人遭罪我就放心了。"她站起身，理了理短裙上的褶皱，随后踩着黑色皮鞋，从我身边擦过，头也不回地离开了办公室。

收回目光，我关上门，走到之前乔蕾坐过的地方坐下，扫了一眼桌上醒目的大红玫瑰，明知故问道："有人送你玫瑰啊。"

盛珉鸥看也不看我，拿起玫瑰丢进了一边的垃圾桶，丝毫没有怜香惜玉的意思。

我轻咳一声道："干吗丢了，多浪费啊。"

盛珉鸥打开一份文件批阅起来，头也不抬道："你要可以拿走。"

我拿走祭天吗？

我拖着椅子靠向办公桌，双手搁在桌上，整个上半身往前倾。这样看了盛珉鸥半晌，他都不带抬头，似乎完全不在意我的存在，又或者说视我为无物。

"哥，我考试考完了，我们晚上去山顶看星星吧？"我与盛珉鸥商量着，语气讨好。

他半天没声音，手里签字笔倒是笔锋流畅，平均两分钟就能签完一份文件。

我心里忐忑，正待再开口，盛珉鸥先我一步道："我为什么要和你一起去山顶看星星？"

"就……庆祝一下嘛，庆祝你打赢了官司，也庆祝我考完试不用再背书。"我现在求生欲强烈得不行，管他生没生气，先认错再说，"这两个月我太忙了，冷落了你，忽略了你的感受，以前你的短信我都是秒回的，这次竟然三天没回，太不应该了！"

"你开车。"

盛珉鸥这话前言不搭后语，我足足思考了好几秒才反应过来他是同意了晚上的山顶邀约。

心里暗松一口气的同时，我也兴奋起来，眼睛都笑眯起来："好好好，那我等你下班。"

这一等，就等到了晚上九点。等得我直接在沙发上睡了过去，最后还是被盛珉鸥推醒的。

律所已没有其他人，盛珉鸥是最后一个下班的。我严重怀疑这是他给我的惩罚之一，因为我不相信以他的工作效率会留那么多待处理文件。

我驾车远离市区，到了山上，沿着山路一路往上，很快便到了山顶。

将车停在观景台旁，我与盛珉鸥双双下车。

这处观景台也是我无意中在一本旧杂志上看到的，"清湾小众旅游胜地 TOP10"之一。

是不是"TOP10"另说，小众是真的小众，在清湾住了二十多年的我都没听说过这地方，此时月朗风清，气候正好，除了我们竟也没别人，都不知道是不是作者瞎编的旅游胜地。

所幸冷清归冷清，风景倒是不差。城市夜景隐隐绰绰在远处形成一个光团，满天星斗悬在上方，粒粒清晰。没有光污染，夜显得特别深，特别蓝。

盛珉鸥靠在跑车引擎盖上看夜景。

我也靠过去，小心开口："哥，今天那个美少女，是不是喜欢你？"

盛珉鸥夹着烟，偏头看我，然后又将视线投向前方辽阔夜景："送我红玫瑰，不是因为喜欢我，只是她自己喜欢红玫瑰而已。和父母决裂也不能让她感到痛苦，她早有此意，只是少个由头。她来找我，感谢是假，寻求人生建议是真。"盛珉鸥淡淡道，"她问我，怎样才能压抑天性。"

他另一只手撑在引擎盖上，我也不知道为什么，听了他的话心头一紧，下意识脱口而出——

"她是什么情况？"

"高功能反社会型人格。"

我倒抽一口凉气："你怎么回答的？"

这时候盛珉鸥倒是知无不言了。

"我告诉她，如果她想与世界为敌，大可以解放天性；但如果她还想与这世上的其他人和平共处，就必须压抑一部分真性情，遵守这世界的规则。不只是她，这世上任何人都是如此。"

"你没告诉她打拳有用吗？"我半开玩笑道。

他睨了我一眼，我立马收起笑，不敢再造次。

"每个人情况不一样，我的方法对她不一定管用。所以我也不认为我的建议对她有什么行之有效的帮助。"他冷酷道，"咨询我不如咨询心理医生。"

得亏乔蕾不喜欢他，不然芳心还不得碎一地，拼都拼不起来。

"那就……让她试着去谈个恋爱吧，或许这样她就可以找到不能与世界为敌的理由了。"

盛珉鸥闻言静了静，转头看向我，这时迎面吹来一阵山风，吹得他半眯起了眼。

他略微扬起唇，音节自喉头滚过，低沉磁性。

"好主意。"

乔蕾可能永远都不会懂盛珉鸥到底是怎么做到所谓"压抑天性"的，也不会懂为什么明明是她更聪明，却要活得比谁都累。

仔细想想这的确让人无比沮丧，但如果哪一天她懂了，我必定会为她感到高兴。

## | 番外·吴伊视角 |

吴伊一直知道，看似孤傲，和谁都像是隔着一层的盛珉鸥，心中有个特殊的存在。

那时候他刚毕业，到美腾做事，因为在学校时成绩出色，身为菜鸟却直接做了盛珉鸥的助理，处理一些新手根本接触不到的活计。

这份工作对他来说是很好的锻炼，他始终感恩那段时间盛珉鸥没有让初出茅庐的他去做一些端茶倒水、收发文件的工作，使得他能快速成长起来。所以他打从心底感恩盛珉鸥，虽然两人年纪相差不算大，他也尊盛珉鸥为师。

在进入美腾的第二年，吴伊记得那是圣诞节的前夕。天开始转冷，公司里洋溢着节日的气氛，到处装饰着红绿相间的贴纸，他在下班前接到盛珉鸥的电话，请他帮忙收一个快递，快递员已经等在公司门口。

吴伊抓起门卡便匆匆下了楼，那几天天气不好，经常下雨，体感阴冷潮湿，他付了钱从快递员手里接过那个不大不小的纸盒时，就觉得盒子松松垮垮，只是靠胶带蓄着口气，仿佛随时都要散架。

由于他们部门是公司重地，涉及商业机密，员工进出都要刷卡，吴伊单手夹着快递盒，只是刷个门卡的工夫，便有东西从纸盒裂开的缝隙哗啦啦掉了出来。

他心里暗骂一声，弯腰去捡，发现盒子里掉出来的竟是一封封信。

窄长的棕色牛皮纸信封，贴着邮票，盖着邮戳，没有拆封过，吴伊估算了一下，这一箱子信有二三十封。

这年头竟然有人用快递寄信？信已经这么没有尊严了吗？

盛珉鸥行事周到，能力出众，深受萧随光信赖，在部门里更是说一不二，颇具威信。吴伊不敢乱翻他的东西，只是心里嘀咕两声，便拾起地上的信，用肩膀顶开门进到办公室。

信封上沾了水渍，字有些晕开，吴伊抽了纸巾将水擦拭干净，看信封上字迹相同，猜测都是同一个人寄的。奇怪的是，收件地址是清湾的一所知名大学，而寄信地址……是监狱。

监狱来信？吴伊心头一跳，不敢再看，将信整齐码好，又找了个牢固的纸袋，放到了盛珉鸥的办公桌上。

盛珉鸥几天后回来，吴伊主动报告了他不在的这几天大大小小各项工作，又告诉他信已经放在他桌上，只是天气不好沾了水，不知道对里面内容有没有影响。

盛珉鸥手肘挽着外套，本是大步往自己办公室方向而去，闻言脚步一顿，有些不悦地看向吴伊。

"你拆了我的快递？"

吴伊接触到他冰冷的视线，整个人一激灵，忙不迭摇头解释道："不是不是，是纸箱沾了水烂掉了，里面的信都掉了出来，我只是把信整理好换个纸袋装，没看过里面的内容！"

盛珉鸥神色稍缓，道了声谢，进了办公室。

吴伊暗自松一口气，刚刚那瞬间，简直背后的汗都要出来。他自电脑后探头，悄悄看向盛珉鸥的办公室，只见高大冷峻的男人立在办公桌旁，从纸袋里迟疑着拿出一封信，久久凝视，不见下一步动作。

吴伊心中疑惑更甚，他从没见过盛珉鸥这个样子，这个寄信人到底和老师是什么关系？

在吴伊心目中，盛珉鸥雷厉风行、杀伐果决，没有什么可以影响他，也没有什么能阻挡他，意志坚定非常人可比。他的强大甚至让吴伊经常怀疑他到底是不是美腾找人研发出来的编程机器人，不然实在难以解释他惊人的决策力。

盛珉鸥最终有没有撕开那封信，吴伊也不知道，因为下一刻盛珉鸥办公室的智能隔断玻璃便由透明变成了磨砂状，他只能模糊看到里面的人影，别的一概看不清。

这段小插曲发生了也就发生了，吴伊并没有放在心上，很快就将这件事抛到脑后，不再去想。

就这样过了几年，吴伊跟着盛珉鸥离开了美腾，成了锦上律师事务所的一名合伙人，开启了人生的另一篇章。他早已把那些信忘光，丢进了记忆的角落。万万没想到，因缘巧合，或者说冥冥之中自有安排，当年那点心头滋生的疑问，多年后竟得到了解答。

## | 番外·瘀青 |

有段时间没打拳，拳馆周教练发信息给我，问我这周休息要不要去练练。我一想盛珉鸥反正要加班，家里就我一个人，去就去吧，总不能浪费了会员卡。

于是周六下午，时隔两个多月，我斗志满满来到鸿飞拳馆，开始了一下午的泰拳训练。

无论是什么拳，都是需要与人切磋才能进步的。周教练在我热完身后，找来另一名学员与我对战，言明点到为止，不要过火。

说是这样说，但打着打着就收不住手，随着肾上腺素的飙升，疼痛也变得迟缓。

因此当对战结束，我浑身是汗地回到更衣室，脱掉衣服准备冲凉时，抬头猛然看到镜子里腰上青了一大块的自己着实吓了一大跳。

巴掌大小，青中泛紫，斜斜横在腰上，怪狰狞的。

我转了个身，没看到别的地方还有这样的瘀青，用手碰了碰，疼得腰直抖。

"哟，刚刚我怎么能没感觉……"

冲完澡后，可能热水有活血的功效，再看那处瘀青竟然感觉扩散得更大了。

我扯了扯嘴角，穿上衣服，试着走了两步。小步伐没事，大步子扯到还是会觉得有点疼。

打车回到家已经晚上七点多，盛珉鸥理所当然还没回家。

我自己叫了个外卖，吃完躺沙发上看了会儿电视，到九点的时候，听到外头电子锁传来动静，我一下子就从沙发上跳了起来。

可能动作有点大，扯到了腰部淤青处的肌肉，当下我就没了力气，惊叫了一声。

"叫什么？"刚进门的盛珉鸥挑眉问道。

我也不好说自己去打拳结果打到受伤，被他知道说不定以后都不让我去了。

"呃……我……"我讪笑着道。

他解开领带甩到沙发上，又脱去自己的外套。

"我去打会儿拳，你来不来？"他解着纽扣，卷高袖子问道。

我脸上笑容一僵，刚想用自己已经洗过澡作为借口，可一对上盛珉鸥低垂的眼，就又什么拒绝的话都说不出口了。

"你先去，我换个衣服就来……"

我打开衣柜，翻出运动 T 恤换上，满肚子都是对自己的无语。

盛珉鸥的眼睛是有什么魔力？一对上他的眼睛，我就一点自己的意志都没有了，他让我做什么，我就做什么。

好像不让他失望已经成为我刻入骨髓的座右铭，只要能满足他，无论什么事我都愿意去做。


拳室早就改造完毕，墙壁重新粉刷，地面也换成了更为柔韧防滑的榻榻米。

我捡起地上的两卷黑色绑手带，将两只手都妥帖地缠裹好。这一过程中，盛珉鸥专注地击打着角落的沙包，发出可怕沉重的落拳声，并没有看向我。

我试着对着空气挥了两拳，感觉差不多了，出声对盛珉鸥道："哥，可以了。"

盛珉鸥转过身，可能是刚刚那两拳打得有些热了，他单手一路解着纽扣，将身上衬衫敞开，露出起伏的腹肌，以及闪着晶莹水色的苍白肌肤。

　　"赢了有彩头吗？"我问。

　　盛珉鸥唇角扬起略微弧度："你赢不了。"

　　我心里暗"啧"一声，觉得他实在无趣，嘴里却还在争取："人总要有梦想。这样，我要是赢了，你就无条件答应我一个要求。"

　　盛珉鸥并没有显得很惊讶："你倒是很敢想。"

　　他脱去衬衫丢到一旁，摆好姿势冲我招手，含着浓浓挑衅意味。

　　我并不冒进，摆好与他同样的姿势，寻找着合适的进攻机会。

　　静谧拳室中，一时只闻我俩细细的呼吸声。

　　时间一点点过去，在一次次试探与退回防守中，我没忍住，先出了拳。

　　虽然这并不是一项"谁先出拳就谁输"的运动，但我和盛珉鸥段位差太多，他防我妥妥一防一个准，而被防住攻击的我，如果不能快速拉开距离，场面就会变得对我很不利。

　　但已经晚了，我刚想拉开距离，盛珉鸥屈起膝盖，对着我侧腰便是一击。

　　剧痛袭来，我浑身一激灵，脑袋都空白了几秒。回过神的时候已经捂着腰跪在了榻榻米上，短短时间内出了一身冷汗，张着嘴却不敢大口呼吸。

　　头顶投下阴影，盛珉鸥解开缠手带，摸了摸我的额头，随后单膝跪下，来掀我的衣服。

　　"我……我没事……"我还想垂死挣扎，他抬眼冷冷瞪过来，我立刻举手投降。

　　衣服被掀起，侧腰的瘀伤暴露无遗，面积似乎更大了。

　　"我下午去了拳馆，一不注意就弄上了……没事的……"我咽了口口水，感觉盛珉鸥的指尖细细抚过那处瘀伤，痛倒是不痛，就是有些痒。

"没事你怎么跪下了？"他语气有些凉。

"呃……"我一时语塞，还待继续找借口，腰上突然被人重重按了一下，盛珉鸥的手指摸索着我的肋骨轮廓，不住按压着那处皮肉。

一分钟左右——也可能更短，但我实疼得在度秒如年。他终于检查完毕，放过了我的瘀伤。

"还好，没有骨裂。"他站起身，同时将手递给我，"涂点药油，过两天就能好。"

我就说没事还不信……

我腹诽着，仰头看他，并不去握眼前那只手。

"我疼，特别疼，起不来了。"我耍着无赖。

他淡淡看了我片刻，四下扫视一圈，从角落捡起自己的衬衫又穿上，看上去并不想理睬我。

"离我远点。"

我愣愣看着他。

"伤好前，离我远点。"他难得又补了一句。

盛珉鸥说到做到，头也不回地出了拳室，独留我一人对着满室空寂懊恼地直捶地。


瘀伤好得比我想象的要慢许多，足足一周才退得一点痕迹都不留。

那之后我去拳馆就很少要求真人对战，教练看我一个人练无聊，主动提起要给我当陪练，也会被我想也不想地拒绝。

"我……夫人看到我身上有伤会担心。"我同教练这样解释道。

"你上次还说你单身呢，这么快就结婚了？"教练十分震惊。

"爱情嘛，说来就来的。"我继续扯谎。

"看来你夫人很懂得心疼人啊。"周教练不疑有他，轻易相信了我的说辞，拍拍我的肩道，"祝福你。"

"谢谢、谢谢。"我坦然收下他的祝福。

撒一个谎就要用一百个谎来圆，之后我和盛珉鸥一起到拳馆，被教练问到什么时候和夫人要孩子时，盛珉鸥投来的目光简直让人一瞬间失去了回头的勇气。

——这些就都是后话了。

**图书在版编目（ＣＩＰ）数据**

飞鸥不下 . 2 / 回南雀著. — 广州：广东旅游出版社，2022.12（2025.4重印）

ISBN 978-7-5570-2862-6

Ⅰ . ①飞… Ⅱ . ①回… Ⅲ . ①长篇小说—中国—当代 Ⅳ . ① I247.5

中国版本图书馆 CIP 数据核字（2022）第 164090 号

飞鸥不下 . 2

FEI OU BU XIA .2

出 版 人：刘志松
责任编辑：梅哲坤
责任技编：冼志良
责任校对：李瑞苑

广东旅游出版社出版发行
地址：广州市荔湾区沙面北街 71 号首、二层
邮编：510130
电话：020-87347732（总编室） 020-87348887（销售热线）
投稿邮箱：2026542779@qq.com
印刷：三河市中晟雅豪印务有限公司
（地址：三河市沟阳镇错桥村）
开本：880 毫米 ×1230 毫米 1/32
字数：201 千字
印张：7.75
版次：2022 年 12 月第 1 版
印次：2025 年 4 月第 5 次印刷
定价：69.80 元（全 2 册）